長編小説

天狗のいけにえ

〈新装版〉

霧原一輝

竹書房文庫

目次

第一章　妖しい芝居一座

1

門馬竜一《もんまりゆういち》はほろ酔い加減で鄙《ひな》びた温泉街を歩いていた。

午前中に上野発の特急に乗り、東北の地方都市で降り、それから、バスでだいぶ山《やま》間《あい》に入り、秘湯で有名なこのS温泉郷に到着した。

旅館で温泉につかり、夕食を摂《と》り終えて、散歩に出たところだ。

暦《こよみ》ではすでに春だが、この地方では夜になればまだまだ冷える。その肌に沁みるような寒さが、自虐的になっている竜一にはかえって心地よい。

一カ月前、勤めていたリース会社を解雇された。

竜一は大卒で入社した会社を辞めて、その後、三度転職した。

どうして長く勤められないのか、自分でもよくわからない。だが、共通しているのは、同じ会社に一定以上いると、息が詰まって、そこから逃れたくなってしまうことだ。

会社のアラが見えてきたり、上司の限界を感じたり、同僚にどうしても許せないやつがいるとか、理由はいろいろある。

もう二十七歳なのにこれではいけないと一念発起して、リース会社では自分の我《わ》儘《まま》が出ないように極力努力してきた。その甲斐あって、三年間、三十歳まで勤めることができた。

だが、会社の掲示板に「業務縮小に伴い、年内に二十名を解雇する」という告知が貼られた数カ月後、竜一は人員整理の対象となり、あっけなく解雇された。

一生懸命やってきた。中途入社というハンデはあったが、人並みの業績はあげてきた。

ただ、会社の上司に誘われても飲み会には出なかったし、社内でのつきあいをほとんどしていなかった。よく、「お前は何を考えているのかわからない」と言われる。自分でもつきあいが下手なことはわかっている。

結局、人づきあいや要領の悪さが真っ先に解雇の対象となった理由ではないかと思う。

一生懸命やるだけではダメなのだ。やはり、自分は組織で働くことには向いていないのかもしれない。だからといって、個人で何かやって食べていけるほどのスキルも才能もないのがつらいところだ。

しばらくは、雀の涙ほどの退職金と失業保険で暮らしていけるが、その後を考えると気分は落ち込むばかりだ。だが、東京の狭いマンションで引き籠《こ》もっていても仕方がない。

気分転換に有効な手段とくれば、旅だ。よし、旅に出よう——。

そう思い立ったときに頭に浮かんだのが、少し前にテレビの旅番組で見たこの温泉郷だった。

古い木造旅館の小さな温泉につかって温まると、一瞬心が和《なご》んだ。だが、すぐに将来の不安が押し寄せてきて、焦りの感情に変わった。

結局、こんなことをしていても状況はちっとも変わってないのだ。

山菜をつかった料理を食べながら、熱燗《あつかん》をしこたま呷《あお》った。

体が温まったところで、散歩に出た。

近くに川が流れ、その両岸に古い宿の並ぶ温泉街を歩いていくと、石の階段があって『てんぐ座』という幟《のぼり》が立っている。

（こんなところに芝居小屋があるのか……）

このへんは、天狗《てんぐ》祭りが行われるし、天狗神社もあり、天狗の名所らしい。

天狗関係の芝居が上演されるのだろうか。『てんぐ座』といういかがわしい名前から推《お》して、もしかしてストリップ劇場かもしれない。

看板には、上演時間が記してあって、この時間ならちょうど次の上演に間に合いそうだ。

俄然興味を惹かれて、急な石段をのぼっていった。途中で息が切れて、引き返そうとも思った。だが、旅館に帰ったところで何が待っているでもない。

石段をあがりきると、茅葺《かやぶ》きの屋根を持つ、合掌造《がっしょうづく》り風の古びた芝居小屋がひっそりとした佇《たたず》まいを見せていた。

『てんぐ座』という看板が出ていて、影絵劇と記してある。

（なんだ、影絵か……）

ストリップ劇場ではないとわかって少しがっかりした。だが、影絵劇も悪くはない。

昔、テレビでよく目にしたことがあるのだが、実際の公演は見たことがない。

受付には、四十過ぎくらいの、ちょっと地味だが顔立ちのととのった女性が座っていた。まるでカゲロウのような儚《はかな》さをたたえた女に妙な色気を感じながら、チケットを買おうとすると、彼女がじっとこちらを見つめているではないか。

(何だ、俺に興味があるのか……？)

不思議に思っていると、

「今日は公演の千秋楽で、上演後に打ち上げがあるんですよ。もしお時間がおありなら参加なさって、お酒を呑んでいってくださいな」

と、彼女がチケットを渡してくれた。

(時間はあるんだけど、俺みたいな男が打ち上げに出てもいいのかな？)

迷いながらも、なかに入っていくと、百名入れば満席の小さな小屋で、升《ます》席のように区切られた客席では、黒子《くろこ》の格好をした女性二人と二人の男性が客入れをしていた。

客は十数名しかいないが、この山奥でこの遅い時間を考えたら、むしろ、入っているほうだろう。

天井には剝《む》き出しの梁《はり》が張りめぐらされていて、黒壁のいたるところに天狗鼻を突き出させた赤い天狗のお面が飾ってあった。そして、ステージにはスクリーンのようなものが三つ立っている。ここに影絵が映し出されるのだろう。

しばらくすると、ステージにひとりの男がスポットライトで浮かびあがった。

「みなさま、寒いなかお越しくださり、まことにありがとうございました……」

と、流暢《りゅうちょう》に挨拶をはじめた。

黒子の衣装を着た男は六十歳くらいだろうか、見事な銀髪で彫りの深い顔をしていて、見るからにここの座長という落ち着きと貫禄があった。

「これから演じますのは、この地方に代々伝わっております大天狗の民話であります……」

天狗には二種類あって、鼻が高いものを大天狗、口が尖《とが》っているものを小天狗と呼ぶらしい。

前口上が終わり、一瞬暗転して、影絵劇がはじまった。

後ろに位置する光源のプロジェクターから放たれる光を巧みにつかった影絵が、座長の講談調な説明とともに繰り広げられる。

この土地には昔、大天狗が住んでいて、村人は天狗を森の神と仰《あお》ぎ、毎年貢《みつ》ぎ物をして奉《たてまつ》っていた。ところが、新しい村長が天狗への奉納を中止したところ、木々が唸《うな》り、倒れ、森に入った者が行方不明になった。さらに、大雨での土砂崩れが起き、それを天狗の仕業と考えた村長が屈強な武士を雇って、天狗を追い払った。

武士は天狗を近づけないために、刀を一本置いていった。

だが、翌年も大雨で土砂崩れが起こり、ついに村長も意志を曲げて、その刀を処分して、天狗に貢ぎ物の奉納をした。

すると、天災がぴたりとやみ、森での神隠しもなくなり、それ以来、村は平穏を取り戻した——。

そんな天狗伝説を、影絵をつかってテンポ良く見せていた。

途中で、大天狗が下界に現れ、復讐として女たちを襲うシーンがあった。

そこで、一糸まとわぬ女体を天狗の高い鼻が貫く場面が黒いシルエットとして映し出され、竜一はひどく昂奮《こうふん》してしまった。

この時間に上演するのだから、大人のためのサービスがあってもしかるべきだとは思うのだが、それにしても、本物としか思えない乳首の突起までわかる乳房が真横からシルエットとして映し出され、長さ三十センチはあろうかという天狗鼻が女体に沈み込むシーンは圧巻であり、一瞬にして下腹部のものが勃起した。

上演が終わり、演者が出てきたときは驚いた。

座長を含めた男二人、女二人であれだけのスペクタクルを演じていたのだ。客入れも彼らがしていたから、一座の構成メンバーはこの四人に受付をやっていた女性を含めた五人だけなのだろう。

演者は座長以外に若い男がいて、女は一方が二十前後で、もうひとりは三十前あたりか。いずれも美人で、上気した肌が艶々《つやつや》と火照《ほて》っていて、竜一は妙に惹きつけられた。

この辺鄙《へんぴ》な温泉地で、毎日のように影絵をする——。

息が合っていなければあの影絵はできないだろうし、この一座の男女の関係はどうなっているのだろう？

竜一はこの五人の間に流れる、淫靡《いんび》な空気を感じ取っていた。

2

上演が終わり、結局、竜一は残って、打ち上げに参加した。

迷っているところを、受付をしていた女性に「呑んでいってください」と呼び止められたからだ。

客ひとりひとりに丁寧にお礼を言って送り出していた四人が集まって、小規模の宴会がはじまった。

打ち上げに参加したのは、竜一と中年男性の二人で、車座になって酒を呑むうちに、その中年客も「明日が早いから」と帰ってしまい、竜一だけがつきあうことになった。

ロマンスグレーの渋い感じの座長が吉村秋芳《よしむらしゅうほう》といって、五十九歳。九年前にここで、影絵劇団『てんぐ座』をはじめたのだという。

受付をやっていたのが秋芳の妻で、吉村妙子《たえこ》。四十二歳で、舞台には出ずに裏方に徹している。

女の演者のうちの若いほうが、白河淑乃《しらかわよしの》といって、まだ二十歳だという。お人形さんのような丸顔の美形で、つぶらな瞳の眦《まなじり》がすっと切れあがって、見つめられるだけで男はのぼせあがってしまうだろう。

もうひとりが梶谷麻輝子《かじたにまきこ》といって、三十一歳。美人だが、淑乃とは対照的で年齢以上に妖艶《ようえん》な雰囲気を持つ女である。

他に男の演者がいたはずだが、用があるらしく、この宴会には出ていなかった。

理由はわからないが、竜一は一座に気に入られたらしく、麻輝子と妙子が次々とお酌して、温かい言葉をかけてくれる。そんな光景を黙って見つめている秋芳の視線が気にかかった。

秋芳は寡黙《かもく》で必要なこと以外は喋らない。痩せていて、頬もいい具合にこけていて、男の色気が感じられた。

彼の妻である妙子が、竜一のコップに日本酒をなみなみと注いで、訊《き》いてきた。

「失礼ですが、門馬さんは個人でお仕事をなさっていらっしゃるんですか？　今日は平日でしょ。だから……」

「平日にここに来るような男は、会社勤めのはずがないとおっしゃりたいんですね。半分当たっていて、半分外れています。じつは、俺……」

と、竜一は会社を解雇されて、現在無職であることを告げた。

酔っていなければ、会って間もない他人にこんな恥は話せない。それに、何だか人の温かさに触れたようで、すべてをぶちまけたくなっていた。

もう三十歳になるのに、転職を繰り返している自分への愚痴をこぼしていると、

「門馬さんは会社勤めには向かないんですよ。それだけ、ご自分の世界を持っていらっしゃる。それを活かすことをはじめたらいい」

秋芳があっさりと言った。

「ああ、やっぱり……俺もじつは同じことを考えていたんです。だけど、これといったスキルがなくて……」

「誰だって、新しいことをはじめるのは不安ですよ」

と、麻輝子が肩まである流れるようなウエーブヘアをかきあげた。

「そうでしょうか？」

「ええ……わたしもこの道に入るときには、不安でいっぱいだったわ。でも、何とかつづいていますもの」

「麻輝子さんのおっしゃるとおりだと思いますよ」

妙子が賛同した。

だが、淑乃は無言で、じっと竜一を見透《みす》かすような眼差《まなざ》しを送っている。秋芳もうなずいているものの、目の底には何か冷たい光が宿っている。

（これ以上呑んで、醜態《しゅうたい》をさらすのはやめよう）

そう決めたものの、もともと呑兵衛《のんべえ》で呑みだしたら、止まらない。それを知っているから、会社関係者と酒を呑むのはいやだったのだ。

竜一の愚痴をいやな顔ひとつ見せずに聞きながら、麻輝子と妙子は一升瓶からドボドボと酒を注いでくる。

湯水のごとく酒を呑んでいるうちに、ふいに眠くなった。

（おかしい……こんなはずはないのに）

懸命に眠気に耐えていたが、やがて、限界を迎えたのか、意識がスーッと遠のいていった。

竜一は夢を見ていた。

と思うのは、現実では絶対に起こらないだろうことが、自分の身に降りかかっているからだ。

竜一はかつてつきあったことのある女、香苗《かなえ》と一緒に森深く分け入っていた。

大卒で会社に入ってすぐに交際をはじめた女で、一年でサヨナラされたけれど、今振り返るとあれが最高の恋愛だった。

その彼女と森を散策していると、急に周囲の木々がものすごい地響きとともに倒れ、山伏《やまぶし》の格好をした、やたら眉の濃い、赤く高い鼻を持った者が忽然《こつぜん》として現れた。

直感的にそれが、天狗であることがわかった。

「その女を置いていけ」

と、天狗がよくエコーのかかった声で言った。

竜一がたじろぎながらもそれを拒むと、天狗が三十センチはあろうかという鼻をうごめかせた。ぬめ光って、刀のように反った赤い鼻は上下に振れ、そして、前後に伸びたり縮んだりした。

あり得ない——と思っているうちに、香苗が「あっ、あっ……」と艶《なまめ》かしい声をあげて、腰を揺すりだした。

（か、感じているのか？）

香苗の息づかいが荒くなり、ジーンズに包まれた腰がくなり、くなりと大きく揺れ出した。

「こっちに来い」

天狗の野太い声が響くと、香苗が竜一の手を振り払った。何かにとり憑《つ》かれたような表情で天狗に向かっていく。

（おい……！）

香苗を追おうとしたとき、一陣の風が巻きあがり、天狗が飛んでこちらに向かってきた。背中に羽を生やした天狗は、香苗を懐《ふところ》に抱き、ムササビのように森のなかを滑空しながら姿を消した。

（香苗、香苗！）

夢中で恋人の名前を呼んでいたとき、ハッとして目が覚めた。

全身にびっしょりと汗をかいていた。

（やはり夢だったんだ。よかった……）

きっと、天狗の影絵劇を観たから、こんな妙な夢を見たに違いない。

（夢でよかった……で、ここは？）

周囲を見渡すと、古い民家のようで、煤《すす》がついて黒くなった柱や天井が剝き出しになっていて、その広い日本間の布団に竜一は寝かされているのだった。明らかに、自分が取った旅館の部屋とは違う。それに、浴衣《ゆかた》に着替えさせられていた。

そうか……思い出した。

『てんぐ座』で酔いつぶれて眠ってしまった。きっと、いくら起こしても目を覚まさなかったので、業を煮やして、ここに連れてきてくれたのだ。

（ということは、この家は一座が住んでいるところか？）

何時かわからないが、いずれにしろ、一座の人々にお礼をしなければいけない。それに、ここがどこか知りたい。

竜一は布団から出て、用意してあった丹前《たんぜん》をはおった。

襖《ふすま》を開けると、そこは廊下になっていて、芽吹きはじめた木々が枝を伸ばす庭がサッシから見えた。

どうやら、古い一軒家らしい。

家のなかは不気味なほどに静まり返っていて、足音を立てるのも悪いような気がして、竜一は足音を忍ばせて廊下を歩いていく。

と、ある部屋の雪見障子《ゆきみしようじ》から、明かりが漏《も》れている。

そっと近づいていき、耳を澄ますと、

「ぁあああ、うううぅん……」

女がセックスの際に出す声が聞こえてきた。

様々なことが脳裏をよぎった。やはり、ここは一座の住いに違いないとか、だったら、喘ぎ声の主《ぬし》は誰だろうとか。

(聞いてはダメだ……)

瞬間的にそう感じて立ち去ろうとしたとき、ふいに後ろから肩に手が置かれた。

ハッとして振り向くと、いつの間にやってきたのだろう、麻輝子が立っていた。

麻輝子は口の前に右手の人差し指を立てて、目で「静かに」と合図してきた。

白っぽい浴衣を身につけ、化粧を落としているせいで眉がやけに細くて、何だか平安時代の貴族の美女が出てきたようだった。

竜一は指図されるままに、雪見障子の前にしゃがんだ。

麻輝子がすぐ隣でなかを覗くので、竜一もつられて室内に目をやる。

透明なガラスを通して、男が、前に這《は》っている女の持ちあがった尻の底を指で責めているのが見えた。

浴衣をはおっている男は間違いなく、秋芳だった。

麻輝子と同じ白っぽい浴衣をはだけさせて、たわわな乳房と丸々とした尻をあらわにしているのは、その顔つきからしてどうやら妙子のようだ。

（では、女は……？）

秋芳と妙子は夫婦なのだから、睦《むつ》み合っていても当然である。

だが、普通でないのは、立ち去ろうとした竜一を座員の麻輝子が引き留めて、こうして二人で座長夫婦のセックスを盗み見ようとしていることだ。

横を見ると、麻輝子は目を細めた複雑な表情で、夫妻の情交をじっと眺めている。

その強い視線に煽《あお》られるように、竜一も室内に目をやった。

妙子がいつの間にか、布団にうつ伏せになっていた。

秋芳が白い浴衣を剝《は》ぐと、行灯《あんどん》風の枕元の明かりに女体が仄白《ほのじろ》く浮かびあがった。

透けるような肌の色、背中から尻にかけての優美なライン、そこから急激に張り出した豊かな尻へとつづく曲線――。

受付で見た地味な女とはまるで別人のように艶かしかった。

秋芳も浴衣を脱いだ。石油ストーブの赤い明かりに浮かびあがった秋芳の裸は色浅黒く、体も引き締まり、精悍な感じさえして、とても五十九歳には見えない。

妻を見おろす目の奥は醒《さ》めているが、表面はいやらしくぎらついていた。

秋芳は炯々《けいけい》とした眼光を妙子に向け、右手を柔らかく刷毛《はけ》のようにつかって、肩口から背中へと、さらに、尻の丘陵に向かっておろしていく。

「はぁああうぅぅ……」

妙子が一瞬顔をのけぞらせ、それから、枕に顔を埋めて声を押し殺した。

よくしなる指が尻から背中、また背中から尻へと往復すると、くぐもった喘ぎとともに、妙子の裸身がびくびくっと震えはじめた。

「あああぁぁ、ダメっ……いや、声が出る……くうぅぅ」

妙子がふたたび顔を枕に埋め込んだ。だが、たおやかな裸身は指の動きに操られるように、ビクン、ビクビクッと波打つ。

秋芳の長く女のような指が尻から太腿《ふともも》の内側にすべっていくと、

「はううぅぅ……」

丸々とした尻がせりあがった。

秋芳は内腿を撫でながら、もう一方の手で女体の側面を柔らかくさする。しなった指の腹と背をつかって、スッ、スッと掃くように脇腹をさすられて、妙子がもどかしげに身をよじった。

男の指に操られでもするように、女体が面白いほどにくねり、波打ち、尻が持ちあがった。

性急でろくに女体を愛撫したことのない竜一には、新鮮な光景だった。

(そうか、きちんと愛撫すれば、女はこんなになるんだな)

横を見ると、麻輝子が浴衣の襟《えり》元から右手を胸に差し込んで、乳房を揉《も》みしだいていた。

流れるような髪をまとわりつかせた横顔を仄かに上気させ、時々、赤い舌で唇をなぞりあげる。

頭の芯が灼《や》けつくような昂奮を覚えながら、竜一はふたたび室内に目を向ける。

すでに、妙子が仰《あお》向《む》けにされていた。

たわわなお椀形の乳房が型崩れすることなく、実っていて、腹部は意外なほどに薄い。だが、立てられた太腿は充実していて、女の豊穣《ほうじょう》さを伝えてくる。

秋芳の手がまた裸身を這いはじめた。

まるで、芸術品でも扱うような繊細な指づかいで、ゆるやかな曲線を描く女体を丁寧に愛撫する。

「くっ……くっ……」

妙子の押し殺した呻《うめ》き声が、雪見障子を通して耳に届いた。

それから、妙子は膝をシーツに落とし、まるでカエルのように足を開いたまま、翳《かげ》りが目立つ下腹部をぐいぐいとせりあげる。

メスの欲望をあからさまにした仕種《しぐさ》に、竜一の下腹部は浴衣の前を割らんばかりに怒張した。

秋芳に小声で訊かれて、妙子が恥ずかしそうにうなずくのが見えた。

そして、秋芳が体を折り曲げて、乳房にしゃぶりついた。

片方の乳房を手ですくいあげるようにして揉みしだき、もう一方の中心に顔を埋めて、舌を走らせる。

秋芳が節度のある舌づかいをしていることが、竜一にもわかった。

きっと責め方が的確なのだろう、妙子は愛撫のひとつひとつに鋭く反応する。今も洩《も》れそうになる声を指を噛《か》んで必死に押し殺しながら、気持ち良さそうに顎をせりあげている。

秋芳に較べると、自分のセックスがいかに稚拙《ちせつ》であったかを感じずにはいられない。

やがて、妙子の様子がさしせまってきた。

きっと、乳首の快感が下腹部にも及ぶのだろう、鈍角に足を開いたまま、もう我慢

できないとでもいうように陰毛の丘をせりあげ、

「あああ、もうダメっ……いただけますか？　あなたのものをいただけますか？」

顔を持ちあげて言って、目を細める。

「堪《こら》え性のない女だ。はしたないぞ」

そう叱責しながらも、秋芳は立ちあがって、仁王立ちした。

妙子がにじり寄り、正座の姿勢で屹立《きつりつ》を握った。

白髪まじりの陰毛からそそりたったものは、竜一がギョッとするほどに長く、反り返っていた。

中肉中背で引き締まった体をした秋芳に、天狗の鼻のようなイチモツがついていることがどこか不似合いだった。

妙子は右手で肉棹《にくざお》を根元から先端にかけてぎゅっ、ぎゅっと何度もしごきあげ、顔を寄せた。

矢印形にふくらんでいる亀頭の割れ目に繊細なキスを浴びせ、それから、一気に頬張った。

「くっ……」

と、秋芳が唸って、右手で妙子の長い黒髪をつかんだ。

妙子はよほど心身が高まっているのだろう、秋芳の制止を振り払うようにして、大きく速く顔を打ち振って、唇をすべらせる。

竜一もフェラチオの快感は知っている。

我慢できなくなって、右手を浴衣の間にすべり込ませ、男根を握りしめた。それは熱く脈打ち、血管が浮き出ているのさえわかる。

「あうぅぅぅ……」

押し殺した声がして横を見ると、麻輝子の右手が浴衣の前身頃《まえみごろ》のなかに消えていた。きっとあそこをいじっているのだろう。膝がわずかにひろがって、浴衣が指の形にもこもこと持ちあがっていた。

そして、左手では浴衣越しに胸をつかんで、乳房を揉みしだいているのだ。

竜一はどちらを見ていいのかわからなくなった。

右隣を見た次には、室内の二人を。すぐにまた、右隣の麻輝子を――。

繰り返していると、秋芳が腰を引いて肉棹を口から引き抜いた。

妙子が早くください、とばかりに布団に四つん這いになった。

(ようやく、挿入するんだな)

秋芳が後ろについて、そそりたつものを尻たぶの底に添えた。腰をつかみ寄せると、

イチモツがゆっくりと一センチ刻みで体内に押し込まれていくのが見えた。いきりたちが姿を消すと、

「はぁあぁぁ……いいの。これが欲しかった……あうぅぅう、蕩《とろ》けそう」

妙子がシーツを握りしめて、上体をのけ反らせた。

その言葉で、妙子が心の底から気持ちがいいのだということが伝わってきた。

「ふふっ、蕩けていくか？」

秋芳がしたり顔で言った。

「ええ、溶けていくわ。身も心も雪のように溶けていく」

妙子がもどかしげに腰を前後に振りはじめた。

「コラッ、あさましいぞ。言ってあるだろう、私はあさましい女は嫌いだと」

「ああ、すみません。申し訳ありません。お許しを……」

「許せないな」

秋芳が言って、腰をつかいはじめた。

両手で尻をつかみ寄せ、後ろから静かに打ち込んでいく。

不思議なのは、普通なら笑ってしまうようなその遣《や》り取りがごく自然で、全然厭味《いやみ》に感じないことだ。

秋芳はここでも、妙子の様子をじっくりと窺いながら、腰をつかっていた。時には強く打擲《ちょうちゃく》するように打ち据え、時には焦《じ》らすように浅瀬へのストロークを繰り返す。

妙子はひとつひとつの打ち込みを全身で受け止めていたが、

「あっ……あっ……ああ、許して……声が出てしまう」

姿勢を低くして、口許《くちもと》を枕に押しつけた。

白い枕カバーのかかった大きな枕を両手で抱え込み、そこに顔を埋めて、あさましい声を封じる女――。

竜一は数人しか経験はないが、ここまで羞恥心を持っている女はいなかった。

(なんか、色っぽいぞ。ぞくぞくする)

浴衣のなかの屹立を握りしめる指に力がこもった。ぎゅっ、ぎゅっと擦ると、射精しそうなほどの快感がうねりあがってくる。

そのとき、隣から手が伸びてきた。

アッと思っている間にも、麻輝子の手が勃起を握り込み、しなやかだがぞっとするほどに冷たい指が分身にからみついてくる。

(えっ、えっ、えっ……)

麻輝子は肉棹をしごきながらこちらを見て、薄く微笑んだ。

もともと艶かしい華《はな》やかな顔をしている。赤いぽってりとした唇の端がスッと切れあがった次の瞬間、顔が近づいてきた。

温かくぬめるものが、勃起を包みこんでくる。

（おおぅ……）

竜一は声が出そうになるのをとっさに手を口にあてて、こらえた。

両膝立ちになった竜一の男根を、今夜出会ったばかりの女が咥《くわ》えている——。にわかには現実だと信じられなかった。だが、このリアルな感触は絶対に夢のつづきなんかじゃない。

麻輝子は極力唾音《つばおと》や呻き声を立てないように、静かに屹立を頰張っている。ゆったりと唇をスライドさせ、いったん止めて、内部で舌をねろねろとからみつかせてくる。

イチモツが蕩けそうになりながら力を漲《みなぎ》らせていく感触に、竜一は身を任せたくなる。だが、この状況でそれはまずいという理性も残っていた。

「あんっ、あんっ、あんっ……」

雪見障子を通して聞こえる妙子の喘ぎに、竜一の視線は吸い寄せられる。

秋芳が、妙子の両手を後ろにまわさせ、肘をつかんで引き寄せながら、腰を叩きつけていた。

妙子のしなった裸身が行灯風明かりに下から照らし出され、たわわな乳房が仄白くぬめりながら、ぶるん、ぶるんと波打っている。

そして、妙子はその窮屈な格好を愉《たの》しんでいるように身を完全に任せ、突かれるままに揺れているのだ。

竜一はこれまで体験してきたセックスとは違うものを見たような気がした。脳内は痺れたようになり、体が浮きあがっていくようだ。

「ぁあ、イク、イキます」

妙子が弱々しいが、逼迫《ひっぱく》した声を放った。

「もう気を遣《や》るのか？」

「はい……ゴメンなさい。こんなに早く……ゴメンなさい。イッて、イッてよろしいでしょうか？」

「気を遣ったからといって、まだ終わりではない。それはわかっているな」

「はい、わかっております。妙子は気を遣るほどに欲しくなるのです」

「あさましい女だ。あさましい女は嫌いだと言っただろ？」

「すみません。すみま……あうぅぅぅ、そこ……そのまま、お願い」

秋芳が両手を後ろに引き寄せながら、激しく腰を突きあげた。

すると、妙子の裸身が波のように揺れて、ついに反り返った。

「イクぅ……あっ……」

がくん、がくんと身を震わせると、身体から力が抜けたのか、つっかえ棒を外されたように、前に突っ伏していった。

それを見て、竜一の分身も躍りあがった。

もう少しで射精というところで、麻輝子が肉棹を吐き出し、

「ねえ、わたしの部屋に来て」

見あげて言って、竜一の手をつかんだ。

3

下半身の逼迫した欲望には勝てるわけもなく、竜一は導かれるままに廊下を歩いていく。

一座が住む家は平屋らしく、麻輝子は角部屋の前で立ち止まって、襖を開けた。

八畳ほどの和室は、中央に敷かれた赤い布団が枕元の明かりと石油ストーブに妖《あや》しく浮かびあがっている。

お香らしい日本的な香りが仄かにただよっていて、その官能的な微香に竜一はいっそう欲望をかきたてられた。

めくれあがっていた掛け布団を剝いで、麻輝子は竜一を布団に座らせた。

後ろから丹前を脱がし、ぴたりと身を寄せてきた。

肌の乾燥をふせぐクリームの甘い香りが竜一を柔らかく包みこみ、そして、右手が浴衣の襟元からすべり込んできた。

冷たかった指先はさっきまで肉棹をしごいていたせいか、温かくなっていて、その指先で乳頭をくりくりとこねられる。

ふと不安になって、馬鹿なことを訊ねていた。

「あの……俺、こんなことになって、いいんですか？」

「いいのよ。あなたは選ばれたんだから」

「えっ……選ばれた？」

「いずれわかるわ。でも、悪いことじゃないから、今は欲望に身を任せていいのよ」

「ええ、でも……」

「ここがどこか不安？」

「ええ……」

「ここは、わたしたち一座が住んでいる家。『てんぐ座』から歩いて十分のところにある。お隣さんからは離れているし、ここにはわたしたちしかいないから、安心していいのよ」

麻輝子の言葉にほっとした。

左手が前にまわって、浴衣の前身頃を一枚、また一枚とまくりあげ、勃起を握り込んでくる。

温かい指でゆるゆるとしごかれ、胸板を右手で撫でまわされると、うずうず感が一気にふくらんできた。

「あなたは選ばれたんだから」という言葉の意味をはかりかねていた。

だが、強弱つけて肉棹を擦られると我慢の限界に達し、気づいたときには後ろを向いて、麻輝子を押し倒していた。

自分でも自分の大胆さが信じられない。きっと、さっき見た光景に昂奮してしまっているのだ。

仰向けになった麻輝子が、猫科の目をまっすぐに向けて、

「ふふっ、ダメ。わたしがあなたをかわいがりたいの」

身体を入れ換えて、竜一の上になった。

両手で竜一の腕を押さえつけ、ゾクッとするほどに艶かしい目で見おろしてくる。

それから、顔面にキスをしてきた。

リップクリームの甘い香りとともに、柔らかくてぷにっとした唇が額、鼻、頬にかるく押しつけられる。唇は無理だろうなと思っていると、なんと唇にまでキスされていた。

信じられなかった。

キスなどここ数年したことがない。

熱い吐息とともに、唇がちゅっ、ちゅっとついばまれる。

耳たぶほどに柔らかなものが触れて、さらに、上唇を挟まれ、その状態でなめらかな舌がちろちろと唇をくすぐってくる。

そうする間も、浴衣からはみだした勃起をゆるゆるとしごいてくれる。

三十歳にもなって情けない話だとは思うが、これほど巧妙なキスと愛撫を経験していなかった。

麻輝子はいったんキスをやめて、竜一の浴衣の帯を外し、前を開いた。

密林のなかからそそりたっている肉の塔が滑稽で、ちょっと恥ずかしい。

麻輝子がいきりたちを握って、言った。

「やはり、長いわね。妙子さんの推察どおり」

「えっ……長いって？」

「妙子さんが劇場で耳打ちしてくれたの。きっと、彼のペニスは長いわよって。彼女が言うには、鼻の形であそこの大きさや形もある程度わかるんですって。妙子さんは受付であなたの鼻を見て、ピンときたらしいわ」

「……俺のそこ、長いですか？」

「ええ、長いわ。天狗の鼻みたいに」

確かにそんなことを言っていた女もいた。

だが、これまでの経験からいくと、いくらペニスが長いからといって、それがセックスで有利に働くとは限らない。むしろ、奥を突かれて痛い、と訴える女のほうが多かった。

だから、なるべく隠してきたし、自分でも意識にのぼらせないようにしてきた。

しかし、それが何だというのだ。大騒ぎするようなことではないだろう。

んっ……もしかして――。

「あの……ひょっとして、それが俺が選ばれた原因なんですか？」

顔を持ちあげて訊いた。

麻輝子は肯定も否定もしなかったが、態度で事実であることが推測できた。

「俺のチンチンが長いことが、何かに有利に働くってことですか？」

思わず訊ねると、麻輝子はこっくりうなずいて、

「まだ理由は言えないけど、でも、あなたがわたしたちに必要な人であることは確かなの」

「理由を教えてください。そうでないと、俺……」

「いずれ座長が教えてくださるわ」

そう言えば、秋芳の男根も天狗の鼻のように長かった。

「ということは、つまり……おおうぅぅぅ」

閃《ひらめ》きが、一瞬にして快感に取って代わられた。麻輝子が屹立をぱっくりと頬張ってきたからだ。

さっきよりずっと激しく顔を打ち振って、唇を大きく速くすべらせる。

自分のなかに、なぜ、という疑問符は残ってはいるものの、ジュブッ、ジュブッと唾音とともに分身をしごかれると、疼《うず》くような充実感が漲ってきて、理由などどうで

もよくなってきた。

　麻輝子が肉棹を吐き出し、顔を傾けて、裏筋を吸いはじめた。

　ハーモニカでも吹くように唇をすべらせ、舌を敏感な縫目にからみつかせる。

「長いと、反りがすごいのね。上に反りながら、横にも曲がってるわ」

　唇を接しながらにこっと笑い、竜一の足の間にしゃがんで艶かしく見あげてくる。

　それから、枝垂《しだ》れ落ちる黒髪をかきあげて片側に寄せ、いっぱいに出した舌で付け根からツーッとなぞりあげてきた。

「ううっ……！」

　ぞくぞくっとした旋律が走り抜け、竜一は足を突っ張った。

「感じるのね。いいのよ、もっと感じて」

　麻輝子は竜一の膝を持ちあげて、股間に顔を埋め込んだ。

「あっ……それは」

「恥ずかしい格好よ。お尻の孔《あな》まで丸見えだわ。あなたのここ、匂うわよ」

　そんなはずはない。散歩に出る前に旅館のトイレで用を足した後、よく洗ったはずだが。

　しかし、これではまるでオシメを替えられる赤ちゃんじゃないか……。

体勢を変えようとするのだが、両膝の裏を強く押さえつけられ、身動きできないのだ。

なめらかな舌が肛門から皺袋《しわ》にかけて、スーッと這いのぼってきた。

「くっ……」

信じられない快感に、身体がよじれた。

「ふふっ、敏感ね。ここは、殿方の急所だものね」

麻輝子は何度も会陰部《えいんぶ》を舐《な》めあげるので、そのたびにビクン、ビクンしてしまう。

次の瞬間、皺袋が温かいものに覆われた。

ハッとして見ると、麻輝子が睾丸《こうがん》を頬張っていた。

決して小さいほうではない金玉が両方とも、麻輝子の口におさまっている。

麻輝子は口をいっぱいに開けて、なかで玉をぶつけあうように操作しながら、竜一を見あげてくる。

黒曜石みたいな瞳が悪戯《いたずら》を仕掛けている少女のようにきらっと光った。

麻輝子は目を細めながら、口腔でふたつの玉を揉み転がし、袋を引っ張った。

ちゅるっと吐き出して、また肉棹を上から頬張ってくる。

香苗が長すぎて根元まで咥えるのがつらい、と言っていた肉棹に一気に奥まで唇をすべらせ、ぐふっ、ぐふっと噎《む》せながらも決して離そうとはしないのだ。

喉奥がイソギンチャクみたいに収縮して、亀頭部を締めつけてきた。

(吸い込まれていくようだぞ)

こんなのは初めてだ。ディープスロートがこんなに気持ちいいとは――。

それから、麻輝子は顔を真っ赤にさせながらも、大きなストロークでずりゅっ、ずりゅっと肉棹をしごいてくる。右手で肉棹の根元を握って擦りあげながら、余った部分に唇をすべらせる。

這う形なので、白い浴衣に包まれた尻が持ちあがっていた。背中をしならせながらも一心不乱に肉棹をかわいがられると、もう我慢できなくなった。

「くうぅぅ、ダメだ。麻輝子さん!」

思わず訴えていた。

麻輝子はちゅぱっと肉茎を吐き出して、立ちあがった。半帯をシュルシュルッと衣《きぬ》擦《ず》れの音を立てて解き、浴衣を肩からすべり落とした。

目の前に仁王立ちになった女体の絢爛《けんらん》さに、思わず息を呑んでいた。

三十一歳という年頃は、女体がもっとも美しい時期なのだろうか。

麻輝子はどちらかというと背が高いほうだが、それを感じさせないほどに身体のバランスが取れていた。撫で肩からすっと上品に伸びた細い首すじ、肩口のまろやかな丸み、上側の直線的な斜面を下側の充実したふくらみが持ちあげた、たわわで形もいい乳房。そして、ほどよくくびれたウエストから尻がバーンと横に張り出している。

ヒップは発達しているが足が長いので、その大きさを感じさせない。

しかも、色白の裸身にストーブの炎の赤が映し出されているのだ。

妖しいほどの女体美に圧倒されていると、麻輝子が竜一の腰をまたいだ。

和式トイレにしゃがむ姿勢で、一瞬下を見て、肉棹を右手でつかんだ。その中心に亀頭部をなすりつけながら、

「あああぁ……」

と、かすれた声をあげて腰を前後に振るので、切っ先がぬるぬるとすべった。

それから、麻輝子は射すくめるように竜一を見ながら、静かに腰を落とした。

切っ先が狭い入口をこじ開けて、男根が少しずつ嵌《は》まり込んでいった。

温かい、そして、ほどよく締めつけてくる。

勃起を奥まで招き入れて、

「あああぁ、いい……やっぱり、長い」

麻輝子はのけぞりながら、竜一の胸板に両手をついた。

「くうぅぅ……」

と、竜一も歯を食いしばっていた。

腰を振っているわけでもないのに、内部の肉畝《にくうね》がうねうねとうごめいて、硬直を締めつけてくる。

竜一がいつも以上に昂《たかぶ》っているからそう感じるのかもしれないが、こんなに気持ちいい女性器は初めてだ。

射精をこらえるだけで精一杯で、とても自分から動こうという気にはならない。

それに焦れたように、麻輝子が腰を振りはじめた。

やや前傾しながら、くいっ、くいっと腰を前後に揺らすので、勃起が激しく揉み抜かれて、竜一はあわてて腰をつかんで動きをやめさせた。

「どうしたの？」

「すみません。出そうだ」

「立派なおチンチンなのに持続力はないのね。いいわ、わたしが鍛えてあげる」

そう言って、麻輝子は腰を縦に振りはじめた。

蹲踞《そんきよ》の姿勢でまるでスクワットをするように、全身を上下動させる。

すごい光景だった。

日本刀のように細く反りの利いた肉棹が、麻輝子が腰をあげると全容を現わし、腰を落とすとすっかり呑み込まれてしまう。

「ああ、子宮口を突いてくる。あなたのおチンチンをはっきりと感じる。つらいくらいだわ」

麻輝子は自分で加減をしながら、腰を上下に振って、湧きあがる快感を貪ろうとする。

「ねえ、手を繋いで」

言われるままに、両手の指を組み合わせた。

すると、麻輝子は前屈みになりながらも、大きく腰を上下動させるので、ヌチャ、ズチャと粘着音がして、イチモツが陰毛の翳りの底に沈み込むのが見える。

竜一は歯を食いしばって、射精感に耐えた。

まるで、自分が女に犯されているようだ。しかも、相手は妖艶な美女――。

この温泉郷に来るまでは、絶望の底に沈んでいたのに、幸運すぎて夢を見ているようだ。

麻輝子が手を離して、後ろに反るようにして腰をつかいはじめた。

竜一の開いた太腿に両手をついて、のけぞりながら腰を前後に打ち振る。

目を見開いて、その淫靡な光景を目に焼きつけた。

足を大胆に開いて腰をせりだすので、ふっくらとした下腹とともに翳りがせまってくる。そして、もじゃもじゃの毛叢《けむら》の底に開いた女の口に、自分のペニスがぐちゅ、ぐちゅと音を立てて嵌まり込むのが、まともに見えた。

「見える？　あなたのがわたしのなかに入っていくのが、見える？」

麻輝子が腰を振りながら、訊いてくる。

「ええ、見えます。すごい、すごすぎる」

麻輝子はしばらくその姿勢で腰を振っていたが、やがて、前へ倒れ込んできた。

竜一の顔面を両手で慈《いつく》しむように撫で、ちゅっ、ちゅっとキスをしてくる。それから、

「ねえ、今度はあなたの番よ。突きあげて、思い切り」

哀願するように見つめてくる。

こんな切なげな目で頼まれたら、期待に応えないわけにはいかない。

射精感をこらえて、竜一は下から腰を撥《は》ねあげた。しっとりとした背中と尻をつかみ寄せ、つづけざまに腰をつかうと、屹立が斜め上方に向かって膣をこじ開けて、

「ぁあああぁ、あっ、あっ、あっ……いい。突きあげてくる。あなたのが子宮をぐいぐ

い突きあげてくる」

麻輝子はがくがくと裸身を揺らして、しがみついてくる。

以前につきあっていた女はここまですると、痛がった。だが、麻輝子は心底から気持ち良さそうだ。

調子に乗って腰を撥ねあげていると、ふいに射精しそうになって、あわてて腰の動きを止めた。

だが、麻輝子は自分からぐいぐいと陰部を擦りつけてくる。

「うっ……ちょっと」

膝を持ちあげて、腰の動きを止めさせた。

「出そうだったのね？」

「ええ、すみません」

「いいのよ」

麻輝子は腰をあげて、肉棹を引き抜いた。

4

麻輝子は布団に仰向けになると、長い足を膝を立てた状態で開いた。むっちりしているがすべすべの太腿の付け根に、女の苑《その》がひっそりと肉の花弁を閉じていた。

ごくっと生唾を呑みこんでいるうちにも、麻輝子は両手をそこに添えて、指で開いた。

左右の陰唇がその内側をさらし、内部の潤みがぬっと現れた。

赤というには余りにも鮮烈な色の肉の入り組みが、きらきらとぬめ光っている。

「来て……」

目尻の切れあがった大きな目はすでにとろんとして、発情した女の兆《きざ》しを伝えている。

引き寄せられるように、竜一はにじり寄り、猛《たけ》りたつものを指で導いた。

とろとろに蕩けた淫らな口に切っ先を押しつけると、それだけで、分身が吸い込まれていった。

「あああ、入ってくる」

麻輝子が顔をのけぞらせて、両手をシーツに放り出した。

女の筒はさっきよりもいっそう温かく、ぬめりも増して、波打つようにうごめいて硬直を包みこんでくる。

「こっちに。抱いて」

誘われるままに上体を倒し、肩口から手をまわし込んで、首の後ろをしっかりと引き寄せた。

すると、麻輝子が耳元で囁いた。

「明日にも座長から話があると思うけれど……門馬さん、ここに残って」

「えっ……、残るんですか？」

思わず訊き返していた。

「ええ、さっきも言ったでしょ。わたしたちにはあなたが必要なの。今、働き口がないんでしょ？」

「ええ、まあ」

「座長もおっしゃってたけど、あなたには会社勤めは向いていないと思う。芸術肌なのよ。表現者に向いているのよ。だから、お願い……」

「だけど、ここには若い男の人もいるし」

「あの人はもうここを辞めるのよ。だから、あなたが必要なの」

なるほどそういうことだったのか……。しかし、おチンチンが長いこととどう関係があるんだ？

いずれにしろ、すぐにイエスとは言えない。だいたい、今夜影絵を見たばかりで、まったく素人なのだ。

「迷っているようね」

「……今聞いたばかりですし……すぐには」

「そうよね。いいわ、このことは忘れて、今はいいことに集中しましょう」

麻輝子が下から、髪や背中を撫でてくる。

だいたい事情がつかめてきた。

きっと、麻輝子は初めから自分を一座に引き入れるために誘惑するつもりだったのだ。

打ち上げで急に眠くなったのも、もしかして、睡眠薬でも盛られたのかもしれない。麻輝子は、そろそろ起きる頃だと踏んで竜一の部屋を訪ねた。姿がなかったので、さがしていたら……。

（そうだよな。女にモテた試しのない俺が、そう簡単にこんな美人と寝られるわけが

ない）

少し冷静になった竜一だったが、麻輝子はすべすべの手で背中から尻にかけてなぞってくる。

さらに、肉棹が嵌まり込んでいる接合地点をしなやかな指で愛撫されると、ふたたび性衝動がうねりあがってきた。

たぶん、ここで射精してしまえば、自分は一座を手伝う羽目になるだろう。これは交換条件なのだ。

（だけど、どうせ東京に帰ってもやることもない。だったら……）

自発的に決断したとは言い難いが、世の中、そんなもんだ。出会いを大切にしなさい、と高校のときの英語の女教師が言っていた。

「ああ、ちょうだい。あなたの長いおチンチンで麻輝子を突いて。お願い……」

麻輝子がおねだりするかのように、下腹部をせりあげてくる。

こうなると、竜一も下手なりにやってやろうじゃないかという気になる。

ゆるやかに腰をつかいながら、乳房をつかんだ。

見た目よりもはるかに量感のある肉の塊《かたまり》が、柔らかく指にまとわりついてくる。

どこまでも沈み込んでいきそうで、しかし、底のほうはしっかりとした弾力で指を押し返してくる。

薄い褐色だが真ん中にいくほどに赤みの増した乳首が、いやらしく尖っている。

乳首を指腹で挟んで、くにくにと転がすと、麻輝子の気配が変わった。

「ああ、それ……くうぅぅぅ」

と、手の甲を口許にあてて、長い喉元をさらす。

たまらなくなって、竜一は背中を曲げて、乳首にしゃぶりついた。

しこって硬くなった突起を断続的に吸った。

ちゅぱっと吐き出して、唾液にまみれて妖しくぬめる乳首を舌で上下左右に撥ねる。

すると、麻輝子は顔の表情が見えなくなるほどのけぞり、

「いい……響いてくるの。おかしくなりそう」

言いながら、下腹部をせりあげて抽送《ちゅうそう》を求める。

内部の肉襞《にくひだ》がぐにぐにと蠕動《ぜんどう》して、時々、きゅっ、きゅっと肉棹を強く締めつけてくる。

竜一は腕立て伏せの格好で、大きく腰を振った。

「いい、いい……これ……浮きあがる。身体が浮く……ぁああ、いい……いいの」

麻輝子が両腕にしがみついてきた。

眉間に快楽の縦皺を刻んだ今にも泣き出しそうな麻輝子の表情が、竜一をいっそうかきたてる。

疼くような快楽の塊が急速にふくれあがって、竜一もそれに身を任せたくなった。歯を食いしばって打ち込んでいると、

「あっ、あっ……ぁあぁぁぁ、あんっ、あんっ、あんっ……」

麻輝子が両手をさまよわせながら、甲高《かんだか》い喘ぎ声を噴きこぼした。

きっと、家中に聞こえているだろう。

だけど、いいんだ。みんなの総意で、麻輝子は自分を誘惑しているのだから。

「うぅぅ、出そうだ。麻輝子さん、出そうだ」

「ああ、ちょうだい。オッパイを強くつかんで。お願い」

竜一は片手で豊満な乳房を鷲《わし》づかんだ。

むにゅうとした質感を感じながら、たてつづけに腰を振りおろす。古い床が軋《きし》み、枕元の明かりも揺れている。

「ああうぅぅ……イク……イクわ……」

麻輝子が竜一の両腕に指先を食い込ませて、仄白い喉元をいっぱいにさらした。膣がきゅっ、きゅっと硬直を締めつけてくる。

「おおぅ、麻輝子さん……俺もイキます」

最後の力を振り絞って深いところに思い切り叩き込んだとき、竜一にも至福が訪れた。熱い溶岩流が一気に迸《ほとばし》る絶頂感が、全身を貫いた。

「あああ、くる……」

麻輝子は首の後ろを浮かすような姿勢で、「うっ」と呻き、それから、崩れるように身体を布団に落とした。

このところ射精していなかったせいか、精液はいつまでも迸りつづけていた。

そして、すべてを打ち尽くしたとき、竜一は全身虚脱感に襲われて、麻輝子に折り重なった。

ちっともおさまらない息づかいを恥ずかしく思っているとき、廊下のほうで何者かが立ち去るようなかすかな物音がした。

第二章　天狗面と美熟女

1

翌朝、秋芳に説得されたこともあって、結局、竜一はこの『てんぐ座』に座員としてしばらく厄介《やっかい》になることになった。

秋芳は、理由ははっきりと言わなかったが、とにかく残れ、と言った。

『てんぐ座』は一週間休演で、その間に新たな演目の稽古をするのだという。

「門馬さんももちろん人数に入っている。いや、活躍してもらわないと、三人ではとても無理な演目だ。大したギャランティではないが、ワンステージごとに払うし、食事も用意するから生活するには困らないはずだ……あなたは表現活動に向いている。自分の新たな面を見つけるためにもやってくれないか？」

何かを見透かしているように冷徹で、しかし、包みこむような愛情を持って言われると、とても辞退できなかった。

すでにこの時点で、竜一はこの一座の女たちに魅了されていたのかもしれない。

一夜明けても、麻輝子の蛇のようにくねる女体や、吸いついてくる膣の感触が思い出される。

竜一はいったん旅館に帰ってチェックアウトし、荷物を持ってすぐに一座に戻ってきた。

その日から、竜一は稽古に追われた。

何しろ、影絵のことなど何ひとつわかっていないのだ。

新しい演目は、これまた天狗に関する民話をアレンジしたものだった。

この地には、天狗を祭祀《さいし》対象とした天狗神社があり、「天狗の腰掛け」と呼ばれる岩や「天狗谷」と呼ばれる渓谷があり、極めて天狗に縁の深い土地であり、村の観光協会から天狗に関する公演をするように求められているらしいのだ。

影絵は、光源があってスクリーンがあれば誰でもできる。

秋芳によれば、影絵は紀元前から存在し、とくにアジアでは盛んであり、日本でも江戸時代に「影画売り」という商いが存在し、また浮世絵にも影絵は度々出てきたのだという。

「陰を障子に写せる事は日頃通家《つうか》のすさみであった」と歴史書に書かれてあるとおり、日本には障子という日常的なスクリーンがあって、そこに影を映して遊んだらしい。

「影はその者のほんとうの姿を映すという考えもあってね。影は怖いんだよ」

秋芳は眉根を寄せてそう言った。

影絵というと、手を使ってキツネなどを表現する手影絵が親しまれているが、公演となるとそれだけでは物足らない。

現在の影絵は、光源であるプロジェクターにカラーの絵などを仕込めるから、たんなる白黒ではなく色つきの影絵を楽しむことができる。

光源とスクリーンの間で、半透明で色付きの人形を操ったり、手影絵をしたり、人体そのものを駆使して、様々な表現方法を見せる。

フクロウの手影絵さえまともにできない竜一にしてみれば、わからないことだらけで、とまどうばかりだった。

しかも、秋芳は影絵劇のことになると容赦がない。

「スクリーンに近すぎる！　影を見てみろ」

「鳥は、もっと指をしなやかに使って！」

「頭がスクリーンに映ってる！」

と、雨あられのごとく叱責が降ってくる。

三十にもなった大人がとは思うものの、そのたびに竜一は泣きそうになった。

人生を振り返ってみると、これまで教師にも両親にもあまり怒られたことがなかった。勉学も日常生活も無難にこなしてきて、部活も文科系だった。

もっとも秋芳は、主演級の働きをする麻輝子にも、裏方としてプロジェクターの操作などをする妙子にも容赦がなかった。

だが、淑乃だけにはやさしかった。彼女に対しては声を張りあげることもなく、ミスがあっても無言のままだ。

淑乃の扱い方は他の座員とは違っていた。最初の打ち上げの際にも、秋芳の淑乃を見る目は特別だったような気がする。

このとき竜一は、淑乃がただたんにまだ若いからだと思っていた。

一日の稽古が終わると、肉体的な疲労以上に心がぼろぼろになった。わずかにあったプライドがずたずたに引き裂かれていた。

稽古の後で、宿舎の民家に帰って、食事を摂る。

妙子だけが先に帰って、五人分の夕食を作っていた。

夕食はどこにこんなお金があるのだろうと不思議に思うほどに豊富で、牛肉などの高級食材もふんだんに使われていて、日本酒も浴びるほどに呑んでも尽きることがなかった。

しょんぼりしている竜一を元気づける役目は妙子が担っているようで、妙子は落ち込んでいる竜一を、

「大丈夫よ。あなたは指が長くて、女の指のようにしなやかだから、手影絵をしたとき映《は》えるもの」

と、慰《なぐさ》めてくれる。二人切りになったときには、

「秋芳だって、悪気はないの。あなたを育てたいから、言葉が荒くなるの。大丈夫よ、どんどん成長しているから」

そう言って、肩をやさしく抱き寄せて、背中をさすってくれる。

妙子はいつも椿《つばき》油の香りをさせていて、手も胸も柔らかく、竜一はそのまま身を預けたくなる。秋芳とのセックスを覗き見ているだけに、どうしても性的なものが混ざってしまう。

だが、この人は座長の妻なのだ。自分が手を出しても、甘えてもいけない人なのだ――。

そう自制して、気持ちを抑えた。

稽古をはじめて四日目の夜だった。

疲労困憊《こんぱい》して眠りに落ちていた竜一は、尿意を覚えて目を覚ました。部屋を出て、家屋の一番端にあるトイレに立ったとき、家がやけに静まり返っていることに気づいた。

夜中なのだから当然だが、しかし、物音ひとつ、しわぶきひとつ聞こえない。

人がいる気配がまったくないのだ。

部屋を調べてみたが、見事に誰もいない。

(俺を置いて、何をしているのだろう?)

急に不安になった。

そう言えば、夕食後に秋芳が妙子と麻輝子に耳打ちしていた。淑乃がいない理由はわからないが、今日、稽古で秋芳が執拗に麻輝子にダメ出しをしていたから、もしかしたら、小屋で秘密特訓をしているのかもしれない。

だとしたら、ただでさえお荷物になっている自分が、寝ている場合ではない。

竜一は洋服に着替えて、家を出た。

木々が芽吹きはじめているものの、まだ底冷えのする村の道を歩いて、『てんぐ座』

の小屋に到着した。

（やはり、稽古しているんだ）

窓からぼんやりとした明かりが漏れているのを見て、竜一は確信した。

だが、秘密特訓に自分のようなものが参加したら、きっとやりにくいし、困ってしまうだろう。

このまま帰ろうかとも思ったものの、やはり、稽古の内容が気になる。この目で確かめてみたい。

竜一は極力音を立てないようにして、小屋に忍び込んだ。

客席の物陰から見ると、ステージに一筋のスポットライトが落ち、その煌々《こうこう》とした明かりに、赤い長襦袢《ながじゅばん》をつけた女性が浮かびあがっていた。

（な、何だ、これは……！）

ざんばらに乱れた髪を顔の前に垂らした緋《ひ》襦袢姿の女が、両腕を頭上でくくられて、うつむいているのだ。しかも、上半身はもろ肌脱ぎの状態になっていて、まろやかな乳房がこぼれでている。

女の両手をひとつにくくった太いロープが、天井の梁についている滑車に繋がっていた。

そして、女の前には、作務衣《さむえ》姿の秋芳が仁王立ちし、その横にはコートをはおってハイヒールを履いた麻輝子がすくっと立っていた。

（ということは、この女は妙子さん？　だとしたら、なぜこんなことをしているんだ？）

てっきり秘密特訓だと信じていただけに、受けたショックは大きかった。

秋芳が、たわわな乳房をぐいと鷲づかんで言った。

「お前はこういう格好がよく似合う。責められることが似合う女だ。お前のような都合のいい女を娶《めと》ることができて、私はラッキーだった」

妙子は恨めしそうに髪の間から秋芳を見た。

「何だ、その目は！」

秋芳に、乳首をくいっとねじられて、

「ぁあうぅぅぅ……」

妙子は泣き顔になって、唇を嚙みしめた。

正面に立った秋芳は女のように細く長い指で、両方の乳首をラジオのボタンを調整するように左右にねじった。すると、妙子は、

「あうぅぅ……やっ……」

いったん、横に立っている麻輝子に視線を投げたが、つづけて乳首をこねられ、

「あっ……あっ……」

目を閉じて、もどかしそうに腰を前後に打ち振った。

「お前は乳首がいちばん感じる。まるで、スイッチだ。ここをいじられると、お前の身体は男が欲しくなる」

秋芳は右手をおろしていき、緋襦袢の前を割って、太腿の奥にすべり込ませ、ぐいと股間を押しあげた。

「あうぅぅぅ……」

それだけで、妙子は肢体を大きく撥ねさせる。

「そうら、蜂蜜をかけたようにぬるぬるだ。年下の座員が見ているというのに、お前はいやらしい蜜を吐き出す。どうしようもない女だ」

「ぁああ、ゴメンなさい」

なぜ妙子が謝らなければいけないのか理解できなかった。

「誤解するなよ。私は妙子を罵《ののし》っているわけではない。妙子がいるから、うちは上手くまわっている。お前が潤滑剤の役目を果たしてくれるからだ。妙子は私にも一座にも必要なんだ。なくてはならない存在なんだ」

言われて、妙子の顔に恍惚《こうこつ》の表情が浮かんだような気がした。

照明に照らされて妖しくぬめ光るふたつの乳房を、秋芳は形が変わるほど揉みしだき、そして、太腿の奥を手で愛撫する。

すると、妙子は身体をゆらゆらさせながらも、「あっ、あっ」と女の声をあげる。のけぞった顔がスポットライトに浮かびあがり、眉をハの字に折り曲げたその愉悦《ゆえつ》の表情が、竜一を切ない気持ちにさせる。

異様なのは、その様子をすぐ傍《かたわ》らで麻輝子が唇を真一文字に結んで、じっと見ていることだ。

秋芳は股間から抜いた手を妙子の口許に持っていく。

何も言われずとも、妙子は自らの淫蜜にまみれた夫の指をしゃぶり、吸った。

秋芳は二本の指を口腔に突っ込み、隅から隅まで犯し、そして、頬がふくらむほどに粘膜を擦りつけた。

妙子はいやがるどころか、むしろ自分から進んで口を開き、指を頬張る。

随分と乱暴な行為だが、二人の間にも淫靡な愛情が流れて、竜一は息苦しくなる。

妙子によくしてもらっているだけに、嫉妬じみたものを感じてしまうのだ。

それから、秋芳は滑車から垂れているロープの端をつかんで、ぐいと引いた。

滑車がまわる音がして、頭上にくくられている妙子の腕がまっすぐになり、肢体も完全に伸びて、爪先立ちになる。

自分の体重がかかり、太めのロープが手首に食い込んで、妙子がつらそうに顔をゆがめた。

相当きついはずだ。だが、妙子は「痛い」とか「やめて」とか弱音は吐かずに、歯を食いしばって耐えている。その眉間を寄せた苦悶の表情が、なぜか美しく、悩ましい。

秋芳はその状態で、乳房を揉みしだき、痛ましいほどにせりだしている乳首をひねりあげる。

「くっ……」

肢体を一直線に伸ばされた状態で、妙子は懸命に痛みをこらえていた。

上を向いたその顔には脂汗《あぶらあせ》が一気に噴き出し、照明を浴びて紅潮した顔がぬらぬらと輝いている。

（止めたほうがいいんじゃないか……）

竜一はそう思うのだが、体が金縛《かなしば》りにあったように動かない。

実際昂奮していたのだ。その証拠に、股間のものはズボンを突きあげていた。

苦痛に妙子の歯が鳴りはじめたそのとき、秋芳はロープを一気にゆるめた。

ガクンと上体がさがり、妙子は両腕を頭の後ろに持っていき、腰を折り曲げた。

「待っていろよ」

秋芳が楽屋にさがった。

その間に、麻輝子が近づいていき、妙子の顎をつかんで顔を引きあげた。

何をするのかと見ていると、麻輝子も姿勢を低くして、顔を寄せた。

エッ、と思った。

麻輝子は妙子の唇に唇を重ねて、キスをはじめたのだ。しかも、かなり情熱的に。

さらに驚いたのは、妙子もいやがらずにキスを受け止めていることだ。

(レズビアン……？)

もちろん、女性同士のキスを見るなど初めてだ。

股間のものはふにゃっとなるどころか逆に、一段と力を漲らせる。

麻輝子は唇を奪いながら、乳房を揉みしだき、頂上の突起をいじっている。

そして、妙子はくぐもった声を洩らし、腰を物欲しそうにくねらせるのだ。

客席の片隅でイチモツをおっ勃《た》てながら、竜一は二人の奇妙な関係を想像せずにはいられない。

初日の夜にも、麻輝子は妙子と座長のセックスを覗いて昂っていた。自分を慰めていた。

（どうなってるんだ？）

疑問符を頭に点滅させながらも、我慢できなくなって、竜一はズボンの股間に手を忍び込ませた。それは火傷《やけど》しそうなほどに熱くなり、激しい鼓動を刻んでいる。

2

舞台に出てきた秋芳の姿を見て、愕然とした。

秋芳は天狗のお面をつけていたのだ。

赤いお面の白い眉の下には目がくり抜かれて、そこから、秋芳の細い目が見えた。鼻はまさに天狗鼻で、三十センチはあろうかという赤い鼻が突き出し、おまけにその先端は人間の亀頭部そのままにふくらんでいるのだ。

こんなおぞましく、滑稽な天狗の面を見たのは初めてだ。きっと、特別仕様というやつだ。

明らかに異様な秋芳の姿を見て、妙子も麻輝子も驚いた顔をしなかったから、きっとこれまでにも見たことがあるのだろう。

しかも、天狗のお面をつけた秋芳が近づくにつれて、妙子の目が潤み、とろんとしてきた。

秋芳は妙子の後ろにしゃがむと、緋襦袢をまくりあげて、腰紐に止めた。

両手で尻たぶをぐいとひろげて、女体の孔を観察し、

「処女でないのが残念だが、なかなか具合が良さそうだ。所望《しょもう》してみよう」

お面の下でくぐもった声をあげ、顔を尻に寄せた。

亀頭部そっくりの天狗の鼻の先で、女性器を上下になぞりはじめる。

すると、妙子は「ぁあぁぁ、あうぅぅ」と気持ち良さそうに喘ぎ声をあげながら、自ら腰を揺すって、陰部を鼻先に擦りつけるのだ。

麻輝子は、そんな妙子を目をギラつかせて眺めながら、縄でくびりだされた乳房を女ならではの繊細さで揉んでいる。

妙子が尻をこちらに向けているので、竜一には奇怪な天狗鼻が女体の割れ目に沿って上下に動き、途中で止まってぐっと浅いところまで押し入っていく様子が如実に見えた。

お面は頭部まで覆うマスク式のものではないので、天狗そのものには見えない。だが、天狗の面をつけた男が女の花芯をその鼻でもてあそぶ姿は、かなり異様だった。

「ぁあぁ……あうぅぅ……あっ、あっ……」

妙子の腰がもどかしそうにくねりはじめた。

後頭部でひとつにくくられた手でロープを握りしめ、前屈みになって腰を突き出しながら、くなり、くなりと尻を揺すりあげる。

「女の泉が温泉のようにあふれてきた。量が多いな。匂うぞ、お前のメスの匂いがぷんぷんと」

「ぁああ、いや、いや……」

首を左右に振りながらも、妙子はどこか陶酔していた。

「ちょうだいするぞ」

天狗が言って、次の瞬間、天狗鼻がゆっくりと確実に女体のなかに消えていった。

真っ赤に怒張したような屹立が半分ほどは入っただろうか、

「はうっ……くうぅぅぅ」

妙子が顔を撥ねあげた。

「甘露《かんろ》、甘露……美味だぞ」

天狗こと秋芳が顔を振りはじめた。

顔全体が前後に移動するごとに、男根と化した天狗鼻が尻の間に嵌まり込み、出たり入ったりする。

長大な疑似ペニスである。

深く入れてもせいぜい三分の二くらいしか埋まらないが、それでも、女体を赤い天狗の鼻が犯している光景は、見ている者を黙らせる迫力があった。

秋芳は緋襦袢がまくれた腰を両手でつかみ寄せながら、ゆるやかに、時には速く顔を打ち振る。

そのたびに、赤い円柱がヌチャ、ズチャッと翳りの底をうがち、

「あっ……あっ……ぁああ、いい……いいの、たまらない」

妙子がよがり声をあげ、身をよじる。

それが演技ではなく、ほんとうに感じていることが伝わってきて、竜一は倒錯的な昂奮の坩堝《るつぼ》に投げ込まれる。

もっと強くしごきたくなって、ズボンをおろした。肉鼻を握って、きゅっ、きゅっとしごく。

「犯して。貫いて。もっと、もっとメチャクチャにして」

妙子のさしせまった声が鼓膜を揺さぶってくる。

「本物が欲しいんだな？」

「はい、本物をいただきたいです」

「くれてやる」

秋芳が天狗鼻を引き抜いて、作務衣のズボンをおろした。

日本刀のように反りの利いた長い赤銅色の肉棹が、怖いほどにそそりたっている。

秋芳はそれを尻たぶの底に添えて、腰を引き寄せた。

「くっ……！」

妙子が顔をのけぞらせて、ロープを鷲づかんだ。

溜め込んでいた欲望を解き放つかのように、秋芳は激しく腰を叩きつけた。

「ぁああ、やっぱり、これがいい」

妙子はそう安心したかのように言うと、

「あっ、あっ、あんっ……」

脳天から抜けるような声を放った。

滑車から垂れているロープを両手でつかみ、背中をしならせ、尻を後ろに突き出した格好で、顔を上げ下げする。

そして、天狗の赤いお面をつけた銀髪の男が後ろから犯している——。

まず日常では見られない異様な光景であり、竜一は異次元の官能世界に連れていかれる。

「ぁあぁぁ、秋芳、イク。イキます。イッていいですか？」

妙子が逼迫した様子でお伺いを立てた。

「わたしは大天狗さま、イッてよろしいですか？」

「大天狗さま、イッて大天狗だ。秋芳ではない」

「いいぞ。ワシと一緒に天まで飛んでいこう」

秋芳が激しく腰を叩きつけた。

「ぁあぁぁ、ぁあぁぁ……浮いてる。浮いてる……」

「そうら、イケ」

たてつづけにえぐりたてられて、

「イク、イキます……飛ぶぅ……はう！」

妙子はのけ反りかえって、がくん、がくんと肢体を痙攣《けいれん》させた。

3

秋芳は身体を離して、妙子から離れた。

股間でいきりたつものはいまだに勢いを失わず、透明な粘液を付着させてぬらぬらと光っている。

(どうするつもりだ?)

竜一が昂奮で武者震いしながら見守っていると、秋芳がロープをゆるめたので、妙子はステージにへたり込んだ。

ひとつにくくられた手首を前に投げ出して、舞台に臥《ふ》せっている妙子を横目に見ながら、秋芳は麻輝子に近づいていく。

コートに手をかけて脱がし、黒いワンピースの胸元に手をかけた。

その手を左右に一気に開くと、ビリリッと乾いた音がして、白い乳房がまろびでてきた。

こぼれでた砲弾形の乳房の豊かな丸みと抜けるような色の白さが、竜一の目を射る。

茫然自失しているうちにも、秋芳はそのままワンピースを真下へと破り、剝ぎ取った。

麻輝子はブラジャーもパンティもつけていなかった。

だが、太腿までの黒いストッキングを、ガーターベルトで吊っていた。

まるで、美の化身を見ているようだった。

麻輝子はすらっとした体型をしているが、乳房はたわわで尻も発達していて、長い黒髪が背中に柔らかく散っている。

ほぼ完璧な裸身の肌が煌々としたスポットライトを浴びて、妖しく浮かびあがるさまはこの世のものとは思えない。

秋芳が何か小声で言うと、麻輝子はうなずいて、しゃがんだ。

両膝をついて、秋芳の股間に顔を寄せ、いきりたちの頭部に慈しむようなキスを浴びせる。

（どうなっているんだ、この三人は？）

妙子は一時の失神状態から回復して、突っ伏したまま、ちらっ、ちらっと二人に視線を投げている。

自分の夫が女座員にフェラチオされようとしているのだから、怒ってやめさせようとするのが当然だ。だが、妙子は湧きあがる感情を押し殺している。

竜一にはそれがどうしても理解できない。

麻輝子が猛りたつ肉柱を舐めはじめた。

根元から舌をツーッと上に走らせて根元に戻り、また、皺袋から舐めあげていく。

秋芳の分身には、妙子の愛蜜が付着している。普通はいやだろう。だが、麻輝子はむしろそれが快感とでもいうように、妙子の分泌液を舌ですくいとり、こくっと唾を呑む。

顔から天狗の鼻を屹立させた座長のもう一本のイチモツを、麻輝子は情感込めて舐め清めている——何かとんでもなくおぞましいことが行われているような気がする。

だが、どういうわけか竜一はひどく昂奮してしまい、右手で握りしめたものがビクン、ビクンと頭を振ってしまうのだ。

座長の妻の愛蜜を舐め終えて、麻輝子は本格的なフェラチオに移った。

大胆に咥え込んで、大きく顔を打ち振りながら、上目遣いに秋芳を見ている。

秋芳も満足そうな顔で、黒髪を撫でてじっと目を合わせている。

二人の間には、性愛で繋がった者同士が放つ独特の馴れ合い的な空気がただよい、竜一はついつい妙子を窺ってしまう。

妙子は顔を伏せて、二人の行為を見ようとしない。

当然だ。夫が他の女にしゃぶってもらっているシーンなど、とても直視できるものではないだろう。

そんな妙子にちらっと視線をやって、秋芳が言った。

「こちらを見ろ」

妙子がいやいやをするように首を振った。

「お前はほんとうは見たがっている。苦しみがお前にとっては快楽なんだからな……見ろ、妙子！」

声を張りあげられて、妙子がおずおずと顔をあげた。

すると、秋芳は体の位置を変えた。ちょうど、咥えているところを妙子が真横から見る形だ。

麻輝子も状況がわかって昂っているのか、まるで見せつけでもするように、いっそう大胆に唇をすべらせて、秋芳のイチモツをしゃぶりあげる。

妙子が拳を握って、悔しそうに舞台の床を叩いた。

「何をしている？　これが耐えられないほどお前は弱くはないはずだぞ。見なさい！」

秋芳に叱咤《しった》されて、妙子が顔をあげた。

きゅっと唇を真一文字に結びながら、夫がフェラチオされる光景を眺めている。

（なんてひどい男だ！）

竜一は妙子にやさしくしてもらっているから、よけいに秋芳の行為が腹立たしい。

そして、妙子が可哀相《かわいそう》で仕方がない。

出ていってやめさせようかとも思うのだが、しかし、自分の置かれている状況を考えると、出しゃばることもできない。

麻輝子は手をつかって、白髪まじりの皺袋をすくいあげ、揉みしだきながら、情感たっぷりに屹立をしゃぶっている。

秋芳を見あげたり、妙子の様子を窺って自慢げに微笑んだりしながら、肉棹に唇を大きくストロークさせる。

先日、麻輝子のフェラチオを味わって、その巧妙さを身に沁みてわかっているだけに、竜一の勃起からも先走りの粘液があふれでる。

麻輝子がちゅぱっと肉棹を吐き出して、言った。

「座長、もうガマンできない。これが欲しい」

「お前も妙子と同じだ。堪え性がない。女はあれの味を覚えると、男よりずっと貪欲になる。男より女のほうがはるかにあさましい。そう思わんか？」

「そう、かもしれません」

「自覚しているところが、並の女とは違うところだな。待ってろ」

秋芳は天狗のお面を外して、妙子に近づき、それを見せた。

「これで、自分でしろ」

「えっ……？」

「私たちのするところを見ながら、天狗の鼻を張り形に見立てて、あそこをいじめろと言っているんだ。やるのか、やらないのか？」

ストレートヘアをぐいと鷲づかまれて、妙子は秋芳をきっとにらみつけた。しばらくして、静かにうなずいた。

「最初に入れてやる。足を開け」

命じられるままに妙子は仰向けに寝て、足を持ちあげながらM字に開いた。すると、まといついていた緋襦袢がすべり落ちて、太腿とその奥で息づく女の花芯があらわになった。

秋芳は外した天狗面の異様にふくらんだ鼻先を擦りつけていたが、やがて、長い鼻が半分ほど体内に没して、

「あうぅ……！」

妙子が喉元をいっぱいにさらして、顎をせりあげた。

秋芳が天狗面をつかんで前後に動かすと、ペニスと化した鼻が膣内をえぐって、

「あっ……あっ……いい。いいの」

妙子がひとつにくくられた両手を頭上にあげて、身悶えをする。

「ふふっ、お前は私のものでなくともよがるんだな。いつからそんな淫乱な女になった？」

「す、すみません。こんな妙子を叱ってください」

「叱れば、お前が悦《よろこ》ぶ。私は女に奉仕はしない」

グチュ、グチュッと淫蜜があふれでて、見る間に天狗鼻が妖しくぬめ光ってきた。

「あとは、自分でしろ。見ているんだぞ、わかったな？　返事は？」

「はい……」

妙子はぼうと霞《かす》んだ目を向けて、素直にうなずく。

天狗面を下腹部に残して、秋芳は立ちあがった。

その様子を鋭い目つきで見ていた麻輝子に命じた。

「這いなさい」

すると、麻輝子はこうしろと命じられることが自分の悦びだと言わんばかりに、嬉々としてステージに四つん這いになった。

透過性の強い黒いストッキングが太腿の途中で途切れ、ガーターベルトで吊られている。

「ああ、座長。ちょうだい。欲しいわ。あなたの長いペニスが欲しい」

迫力満点のハート形のヒップが誘うように横揺れし、前後にも動いた。

秋芳は後ろにつき、いきりたつものを導いて、ゆっくりと腰を入れていく。長大な肉の塔がなかば姿を消して、

「くうぅぅ……」

麻輝子が背中を反らしながら、両手の指で床を引っ掻《か》くのが見えた。

これが現実であるとは思えなかった。いや、思いたくない。

座長が神聖であるはずのステージで、美貌の女座員をバックから貫いている。

そして、それを座長の妻が股間に天狗鼻を押し込みながら、とろんとした目で見ている。

劇団はどうしても男女関係の風紀が乱れると聞いたことはある。だが、ここまでとは……。

だが、呆れている場合ではない。

にわか座員の竜一も、それに巻き込まれて、卑劣な覗き見をしてあそこをおっ勃てているのだから。

秋芳は先日目にしたのと同じで、インサートしていても決して夢中にならない。むしろ冷静に相手を窺いながら、自分をコントロールしている。

片足を立てたり、膝立ちになって、後ろから節度のある突きを繰り出す。そして麻輝子は面白いようにそれに応えて、気持ち良さそうな声をあげる。

数メートル離れたところから、妙子がぎらぎらした目を向けながら、天狗面を操って赤い鼻を股間に抜き差ししていた。

(ダメだ。もう我慢できない)

背徳的すぎる痴態に射精しかけたとき、秋芳が後ろから嵌めたまま立ちあがった。

麻輝子もふらふらと立って、両手両足を伸ばしてステージにつく格好になった。

「うっ、うっ……ぁああ、深い……おかしくなりそう」

不安定な姿勢で、麻輝子は突かれるままに乳房を波打たせる。

「歩くぞ」

秋芳は麻輝子を後ろから繋がったまま、ステージ上を押していった。

舞台は壁に沿って花道のように客席のほうにも伸びている。

そこまで歩いていき、麻輝子に両手を壁につかせ、秋芳は立ちバックでぐいぐいとえぐり込んでいく。下を向いた双乳が豪快に揺れて、

「あっ、あっ……イキそう。座長、イクわ……」

麻輝子が訴えた。

「目の前に何がある？」

麻輝子が目を向けた壁には、天狗面が飾ってあって、長い天狗鼻が客席に向かって突き出していた。

「天狗のお面があります」

「その鼻をしゃぶれ。天狗のものを咥えながらお前は人間の男に貫かれる。これ以上の快感はないだろう？」

「ふふ、その逆のほうが感じるかもしれないわ」

麻輝子がそう返したのには驚いた。

「天狗は鼻は長いが、あそこはどうかわからんぞ。案外、短小かもしれんだろ」

「わたしは短小でもかまわないわ」

「お前がそれで満足できるとは思えんがな。咥えなさい」

座長に命じられて、麻輝子は目の前の天狗鼻に舌を這わせる。全体に唾液をまぶし込んでから、唇をかぶせた。

赤く屹立した鼻をいっぱいまで頬張り、ずりゅっ、ずりゅっと唇をすべらせる。

それを見ていた秋芳が腰をつかいはじめた。

後ろから女体を抱きかかえるようにして、下腹部を突き出していく。

「うっ……うっ……うおおあぁぁ」

麻輝子はくぐもった声を凄絶に洩らしながらも、決して天狗の鼻を離そうとはせずにしゃぶりついていた。

「そうら、二人に犯される気分はどうだ？」

座長に訊かれ、麻輝子は鼻を吐き出して答えた。

「最高よ。気持ちが虚《うつ》ろになる」

「若い頃からお前を知っているが、麻輝子はすべてを吸収して大きくなっていく。その貪欲さには感心するよ」

「座長がそう仕向けているんじゃありませんか」

「しかし、お前に才能がなければこうはならない。そうじゃないか？」

秋芳は右手をまわし込んで、乳房を揉みしだき、突起を転がした。

麻輝子は天狗鼻を頬張り、ずりゅっ、ずりゅっとしごきながら、乳首をいじられて身悶えをする。

秋芳が両手で腰を引き寄せて、強く腰を打ち据えた。

「うぐっ、うぐっ……あおおぉぉ……」

麻輝子の様子が切羽詰まってきた。もう何も考えられない感じで、もたらされる女

の歓喜を貪っている。そのとき、

「あんっ、あんっ……イク。イキそう」

本舞台で声がして見ると、妙子が蹲踞の姿勢でしゃがんで尻を上下に振っていた。ステージにはさっきの天狗面が置かれ、垂直に立った隆々とした鼻めがけて、尻を落とし込んでいるのだ。

「妙子も気を遣りそうだ。麻輝子、お前も負けずにイケ」

秋芳が強く腰を打ち据えたとき、

「うはっ……！」

「イクぅ……やぁあああぁぁぁぁぁ」

麻輝子、妙子とたてつづけに絶頂を示す声が噴きあがり、秋芳も「うっ」と呻いた。

三人が気を遣ったそのとき、後ろからぽんと肩を叩かれて、竜一は危うく声をあげるところだった。

振り返ると、淑乃が佇んでいた。

露出していた勃起に視線を落としてくすっと笑い、竜一の手を握った。

4

しばらくして、竜一は一座の住いにある淑乃の部屋にいた。

八畳の和室で、中央に布団が敷いてあり、その横の座布団に二人は座っている。

淑乃は例の白い浴衣を着て、正座していた。

小柄でボブヘアの淑乃がこうしていると、あまりにも目鼻立ちがととのいすぎているせいか、まるで市松《いちまつ》人形を見ているようだ。

「三人はまだ帰ってこないようだね」

「そうね。まだしばらくは帰ってこないんじゃないかな」

淑乃は薄く笑って、

「足を崩していいでしょ」

「ああ、もちろん」

竜一は胡座《あぐら》をかき、淑乃は斜めに足を流した。

まだ二十歳のはずだが、目尻が妖艶に切れあがっているせいか、それともいつも赤く濡れている唇のせいか、艶かしささえ感じてしまう。

「きみは、さっき見たこと、前から知っていたの？」

訊ねると、淑乃はうなずいて視線を逸《そ》らした。

「どうなってるんだろうな、この一座は。よくわからない」

「そのうちわかるよ」

淑乃が足を伸ばして、両手を後ろについた。

「きみは彼らとは関係ないんだね？」

「……どうかな。それもそのうちわかる」

いっこうに埒《らち》があかない会話に、竜一は焦れてきた。

「ところで、淑乃さんはいつからここにいるの？」

気になっていたことを訊ねると、

「淑乃さんはやめて。淑乃でいいよ。私もあなたを竜ちゃんと呼ぶから」

「わかった……よ、淑乃はいつからここに？」

「もう四年過ぎたかな。今年で五年目」

「ええ？　ということは、中学を卒業してからここに？」

淑乃はうなずいて、

「わたし、高校は行っていないの。中学のときに両親が事故で亡くなって、伯父のところに引き取られたんだけど、伯父夫婦と上手くいかなくて……中学を卒業してふらふらしているところを秋芳に拾われたのよ。だから、今は、秋芳が親みたいなもの」

この女が座長を「秋芳」と呼び捨てにすることに違和感を覚えながらも、なるほどと思った。秋芳が淑乃に対してやさしいのは、保護者のような気持ちからだろう。

淑乃なら、自分の疑問に答えてくれるかもしれない。

「俺、一座に選ばれたみたいなんだけど。なぜ選ばれたんだろう？」

訊くと、淑乃は「いずれわかるわよ」と素っ気なく答えて、急にふさぎ込んだ。

「何か悪いこと訊いたかな？」

不安になって言うと、淑乃がいきなり身体を預けてきた。

胡座を組んだ足の間のものを手でさすりながら、まさかのことを口にした。

「わたし、まだ処女なの。女にして」

「えっ……あ、いや……」

淑乃がバージンであることにも驚いたが、それ以上に女にしてほしいと言われて、面食らった。

「座長の娘みたいな人にそんなことしたら、俺、ここを追い出されちゃう」

「それでもいいいじゃない」

淑乃は大胆に股間をなぞってくる。

「ちょっとダメだって」

一応拒んでみるものの、分身を小さいがよく動く手でやわやわと触られると、意志とは裏腹に力を漲らせてしまう。

「ほら、こんなに大きくなった」

淑乃はにこりとして、作務衣のズボンを強引に引きおろした。

ブリーフのサイドから右手をすべり込ませて、じかに肉棹を握ってくる。ゆったりとしごかれて、

「おおぅぅ……」

と、竜一は唸っていた。

処女だというから高をくくっていたのだが、淑乃の指づかいは達者で、まるで、風俗嬢みたいだ。

(こいつ、もしかして年齢を偽《いつわ》って風俗で働いてたんじゃないか)

そう思いをめぐらせているうちにも、やけに温かい指が亀頭冠のくびれにたどりついた。包皮をかぶせるようにしてエッジを刺激されると、ジンとした痺れに似た快感がうねりあがってくる。

ブリーフが指の動きそのままにもこもこと盛りあがり、そんな大胆な行為を市松人形のような少女がしているのだ。

分身は痛いほどに張りつめ、すでに先走りの粘液をにじませている。

無理もない。信じられない三人の痴態を見てから、まださほど時間が経っていないのだから。

（しかし、どうしてこんなかわいい子が俺なんかに？）

納得はできない。だが、射精したいという欲望がどんどん強くなって、そんな理由などどうでもよくなってきた。

淑乃がブリーフをつかんで引きさげた。

そのまま布団に連れていかれ、ブリーフとともに作務衣のズボンが足先から抜き取られていく。

転げ出てきたイチモツは恥ずかしいほどに鋭角にいきりたち、それを隠そうとした手が押し退《の》けられる。

次の瞬間、分身が温かい口腔に包まれていた。

ハッとして見ると、足の間にしゃがんだ淑乃が下腹部に顔を埋めていた。

片手で根元を握って強弱つけて圧迫しながら、余った部分に唇をすべらせる。

三日月みたいな眉のすぐ上で一直線に切り揃えられた前髪が乱れ、上品な鼻梁《びりょう》の下で、おちょぼ口になった唇が肉棹をゆったりとすべっていく。

（気持ち良すぎる！）

淑乃は比較的口が小さくて、ぷにぷにしているせいか、ただそうやって上下にしごかれるだけで、得も言われぬ快感がふくれあがってくるのだ。

淑乃は根元を握って、深く咥えすぎないように調節しながら、エッジを中心に等速で唇をからませてくる。

いったん吐き出して息をととのえる間も、肉棹を指で刺激することを忘れない。

男根の扱いに慣れていると感じた。

だが、処女だという言葉に嘘はないような気もする。

淑乃は左手で自らの恥肉を確かめて、右手で肉棹を握ったまま身体の位置を変えた。

尻を向ける形で竜一の腹にまたがって、

「濡らして」

恥ずかしそうに言った。

竜一もすでにぎりぎりまで追い詰められていた。

白い浴衣をまくりあげると、丸々としているが全体的には小粒な尻がまろびでてきた。

きめ細かい尻肌は触ってもすべすべで、引っ掛かるところがひとつもない。

そして、かわいい尻たぶの渓谷にはセピア色の窄《すぼ》まりが清楚《せいそ》な佇まいを見せ、その下方ではこれも清楚としか言いようのないこぶりの女陰がぴったりと口を閉じ合わせていた。

色素沈着の少ない、まだピンクと言ってもいい花唇を目にして、やはり、処女なのだと思った。

「お願い。濡らして」

ふたたび請《こ》われて、竜一は陰唇の狭間《はざま》に舌を這わせた。

舐めあげると、淑乃はピクンと震えて、尻たぶをぎゅっと締めつけた。

しかし、只者ではないと感じるのは、その間も淑乃は勃起を握って適度に刺激を与えてくることだ。

分身から立ち昇る愉悦に後押しされるように、女の苑をかわいがった。

肉びらをひろげておいて、内部の赤くぬめる粘膜に舌を走らせ、下方で息づく肉芽も吸ったり、舐めたりする。

処女でもやはりここは急所なのだろう、淑乃は顔をのけぞらせて、ち追い込まれる。

涌きあがる快感をぶつけるように大きく激しく唇を行き来されると、竜一はたちま
「ああぁ、ぁあぁぁ……」

とか細い声をあげ、それから、肉棹を頬張ってきた。

射精しそうになるのをこらえて、舌をつかった。

だが、ほんとうに処女を奪うなら、もっと濡らしておいたほうがいい。

小陰唇のすぐ外側が性感帯であることはこれまでの経験でわかっていた。

陰毛は細く縮れていて、下地が見えるほど薄く、さらに小陰唇のサイドはまるで毛が生えていなくて、少女のようだった。

小陰唇と大陰唇の間に舌を走らせると、感じるのか、淑乃は尻を切なげに揺すり、そして、くぐもった声を洩らす。

また狭間に戻り、花びらをひろげておいて、鮮やかなピンクの内部を上下に舐めた。

下側の小さな突起に舌をからませると、淑乃は顔をあげて、

「ああ、もう……もう……して。してください」

さしせまった様子で訴えてくる。

この段階でも、竜一はどうしようか迷っていた。親代わりの秋芳が怖かった。

知られたら、きっと追い出されるだろう。

だが、知られなかったらいい――という狡《ずる》い考えもあった。

いや、それ以上に下半身の欲望が逼迫していたのだ。

竜一は身体を入れ換えて、上になった。

仰向けになった淑乃の膝を持ちあげると、浴衣がはだけて、雪のように白い太腿が現れた。

膝をつかんで開かせると、やわやわした恥毛が流れ込むあたりに女の証《あかし》がひっそりと花開いていた。

「いいんだね？」

念を押すと、淑乃はためらいを振り捨てるように言った。

「お願い、わたしを助けて」

何があるのか知らないが、この子は覚悟をしている。そして、自分は淑乃を助けることになる……。

竜一がいきりたちを潤みの中心に添えたとき、

「おい、淑乃！」

秋芳の焦立《いらだ》った声が廊下から聞こえてきた。どんどん足音が近づいてくる。

竜一は離れようとしたが、淑乃はそれはいやとばかりに抱きついてくる。

だが、このままでは……。

「ゴメン、淑乃。今度また……」

竜一は淑乃を突き放し、急いでブリーフとズボンを穿いて、とっさに押入れに隠れた。

部屋を出たら、秋芳に見つかってしまいそうだったからだ。

すぐに襖が開く音がして、秋芳が入ってくる気配がした。

「何ですか？　寝てたのに」

淑乃がシラを切った。

「話がある。ちょっと来い」

二人が部屋を出ていく音がして、しばらくして、竜一は押入れから出た。

人の気配がないのを確かめて、そっと部屋に戻った。

第三章　調教された処女

1

一座の爛《ただ》れた肉体関係を知って、竜一は本心を言えば、稽古どころではなかった。

だが、竜一が抜けたら、今度の影絵劇は幕が開かない。

失職中の自分を一座に拾ってもらったのだから、迷惑はかけられない。

だから、気持ちを押し隠して稽古に励んだ。秋芳の叱咤も甘んじて受けた。

そして、新演目の初日がやってきた。

公演は正午、午後三時、午後八時からと、一日三回行われる。

この地方でもすでに梅が花を咲かせ、春めいて暖かくなったこともあって、客もそれなりに入った。

竜一は初舞台というプレッシャーのなか、小さなミスは犯したものの、何とかして初日を乗り切った。

他の出演者の手助けもあったが、自分としてはできることはやった、という満足感もあった。

この一座では演目の初日と楽日には、客を交えての酒宴が催されるらしい。

その準備をしているとき、秋芳が近づいてきた。

怒られるのか……と、身をこわばらせたとき、秋芳は竜一の肩に手を置いて、

「頑張ったな。上出来だ」

微笑みかけてくれたので、竜一も意外な言葉に胸がジーンとして、努力が報われたような気がした。

酒宴には、このへんの有力者も参加していた。

そのなかには、神社の宮司《ぐうじ》や村長もいて、竜一は驚いたが、どうやら一座はこの土地の天狗伝説を演じることで、劇団の運営資金を村と神社から出してもらっているようだった。

やはり、影絵劇という芸術活動にも資金は必要であり、こういった接待をしなければいけないのだと痛感した。

秋芳から言い含められているのか、妙子も麻輝子も二人には積極的に話しかけ、お酌をしていた。一方、淑乃は素知らぬ顔でむしろ突慳貪《つっけんどん》だが、彼女はそういう面倒なことは一切免除されているらしく、秋芳も咎《とが》めることはしなかった。

一時間半ほどの酒宴が終わり、一座は宿舎に帰った。

全員風呂に入り、新人の竜一が風呂からあがって部屋に戻ったとき、妙子がやってきた。

「お疲れのところ申し訳ないけど、座長が呼んでいるの。いらして」

(何だろう？)

竜一は不安になりながらも、白い浴衣をつけた妙子の後をついていった。

妙子は、夫婦の寝室とは違う部屋の前で膝をついて、襖の向こうに声をかけた。

「門馬さんをお連れしました。よろしいでしょうか？」

「ああ、入ってくれ」

妙子とともに足を踏み入れると、そこは二部屋つづきの広い和室で、それぞれの部屋に一組ずつ布団が敷いてあった。

そして、向かって左側の布団には、淑乃が白い浴衣姿で座り、その傍らで秋芳が胡座をかいていた。

（なぜ、淑乃が？）

淑乃はきちんと膝を揃えて座り、竜一を見ようとはせずに視線を外している。

「そこに座ってくれ」

秋芳に言われて、妙子が差し出してきた座布団に正座をする。

「初日の幕も無事に開いた。そろそろ、門馬さんにも教えておいてもいいだろうと思ってね」

秋芳は立ちあがって、淑乃の背後にまわった。

しゃがんで、右手を白い浴衣の襟元からすっとなかに忍び込ませると、

「あっ……」

淑乃がその手を押さえて、深くうつむいた。

震える淑乃を抱え込むようにして、秋芳は乳房を揉んでいる。浴衣の胸が手の動きにつれて盛りあがって、淑乃はいやいやをするように首を振る。

先日淑乃と話してその境遇を知り、フェラチオまでされて、淑乃に情が移っていた。

まさかの行為に気圧《けお》されながらも、自然に腰が浮いていた。

たぶん、やめさせようとしたのだ。その腕を妙子につかまれて、引き戻される。

妙子は竜一を見て、それはダメとでもいうように目で諫《いさ》めてくる。

秋芳が、胸をまさぐる手を止めて、言った。

「二週間後に、ここのS神社で天狗祭りがある。知っているか？」

初耳だった。竜一は首を横に振る。

「前回の演目を見てわかっているだろうが、この地方には天狗信仰があって、毎年、森と村の平安、収穫物の豊作を祈願し、天狗様のために貢ぎ物をして、祭祀も執り行われてきた。うちもこれまで参加してきたが、それ自体は大したものではない。だが、今年は三年に一度の特大祭。特大祭では、うちは大きな役目を担う」

秋芳はいったん言葉を切った。

(大きな役目とは何だろう？)

竜一は息を詰めて、次の言葉を待った。

「天狗様にあるモノを奉納する儀式をわれわれが行う。そのために、門馬さんが必要だった」

「……どういうことですか？」

「……妙子、説明してやれ」

ためらっていた妙子が、やがて、話しだした。その内容が明らかになるにつれて、竜一は驚きを通り過ぎて、唖然としてしまった。

三年に一度の祭儀とは、一般には公開されない秘密の儀式で、そこで、天狗の面をつけた男が二人、二人の女を犯すのだという。

「犯すって……実際にですか？」

思わず訊くと、妙子はうなずいた。

竜一は知らずしらずのうちに眉をひそめたのだろう。

「そうだ。普通は許されることではない。だが、われわれの一座はこれまでその儀式を執り行うことで、便宜をはかってもらってきた。公演での収益など微々たるものだ。それで一座がやっていけると思うか？」

竜一は頭を左右に振った。

「だから、やらなければいけないのだ。で、二人の男のうちのひとりは私が演じる。そして、もうひとりは……」

秋芳が竜一をまっすぐに見た。

「俺、ですか……？」

「ああ、そうだ。門馬さんは選ばれたんだ……なぜかというと、天狗を演じる男は、あれが天狗の鼻のように長くなくてはいけないのだ。そういう決まりなのだ」

だから、最初に麻輝子が自分のイチモツを確かめたのだ。

「あなたの前にここでやっていた男は、残念ながら資格がなかった。だから、やめてもらったのだ。それは彼も最初からわかっていた。候補が見つからずに困っているときに、門馬さんがやってきた。妙子があなたの鼻を見て、イケルと踏んだ。実際に麻輝子が試してみて、私より長いという報告を受けた」

秋芳の視線が露骨に、竜一の股間に落ちた。

妙子が右手を伸ばして、作務衣越しに分身を撫でてきた。たちまちエレクトしたものを握ったり、さすったりして、

「確かに長いです」

報告をした。

秋芳はうなずいて、言った。

「二人の女は妙子と麻輝子がやるから、心配ない。あなたは麻輝子と組むことになる……やってくれるな？」

麻輝子が相手なら、とも思う。だが、その反面心配なところもある。

「観客がいるんですよね？」

「ああ、いる」

「俺、人が見ているところでできるかどうか……ＡＶ男優だって最初はなかなか勃《た》た

ないって言いますから」

「麻輝子が万事上手くやってくれるから大丈夫だ。もし心配なら、その前に慣れておけばいい。他人の前でまぐわうことに……今だって、あなたは私たちの見ている前で勃起させているだろ」

指摘されて、なるほどと思うと同時に自分のあさましさが恥ずかしくなった。

「やってくれるな？　一座の存続のためだ」

「できるかどうかはわからないですが、やってみます」

返すと、秋芳は満足げにうなずいた。

「それから、門馬さんはなぜ私が淑乃にこんなことをしているのか、不思議に思っているだろう？」

竜一は大きくうなずいた。

「理由があるんだ。あなたには直接関係はないが、知っておいてもらったほうがいいだろう」

秋芳は右手で淑乃の乳房を揉み、左手でさらさらの黒髪を撫でて言った。

「じつは、淑乃は今度の特大祭で、天狗の生贄《いけにえ》として処女を捧げるのだ。天狗様に」

「えっ……？」

「淑乃は天狗様に処女を捧げるのだ」

秋芳が繰り返した。やはり、聞き間違いではなかった。

淑乃はちらっとこちらを見て、竜一の反応を窺うと、目を伏せた。長い睫毛《まつげ》が音を立てて閉まった。

「ほんとうにするんですか？」

「ああ、ほんとうにする」

「天狗様って、誰かが演じるわけですよね。本物の天狗がいるわけないから」

秋芳がうなずいた。

「誰が？」

「それは言えない。だが、私ではない」

「誰か、わからないんですか？」

「たとえわかっていても、私の口からは言えない」

おそらく、村の権力者とかだろう。

これはひどすぎた。女性にとって破瓜《はか》はすごく大切なはずだ。

それを正体不明の、きっと天狗のお面をかぶっているだろう男に捧げるなんて、あまりにも残酷だ。

そんな怒りが顔に出たのだろう、秋芳が言った。

「馬鹿げたことをと思っているだろうが、これは、淑乃も承知の上なのだ」

まさか、という思いを込めて見ると、淑乃は小さくうなずいて、きゅっと唇を噛みしめた。

だけど、淑乃は心の底から同意してはいないはずだ。

先日、処女を奪ってとせまってきた。たぶん処女でなくなれば、この役目から逃れられると考えたに違いない。

「私はこのために、淑乃の面倒を見てきたのだ。淑乃を拾って、もう五年目になる。淑乃もようやく二十歳の誕生日を過ぎた。成人するのを待っていたのだ」

秋芳はそう言って、烏《からす》の濡れ羽のようなボブヘアを慈しむように撫でた。

「娘のように育ててきた。だから、私としても胸を掻きむしられる思いだ。だが、これが宿命なのだ。淑乃がわれわれにできる唯一の恩返しなんだ」

「だけど、それなら今、なぜそんなことを？」

娘のように思っているなら、乳房を愛撫したりはできないはずだ。

「……これは、淑乃のためなんだ。どうせ処女を奪われるなら、苦しまずに悦びのなかで女になってほしい。だから……わたしは淑乃が成人を迎えてから、この身体を開発してきた。もちろん、処女膜は大切にしている」

　唖然とした。もっともらしいことを言っているが、秋芳がこの魅力的な美少女を性的愛玩物にするための詭弁《きべん》だとしか思えない。

　竜一は思い切って訊いた。

「淑乃さんは、それでいいの？　いやなんじゃないの？」

「ほんとうのことを言いなさい。怒らないから」

　淑乃は秋芳と視線を合わせた。それから、竜一をまっすぐに見て言った。

「いやじゃないわ。秋芳は行くところのないわたしを救ってくれた。だから恩返しをしたいの……それに、ロストバージンするときはわたしも気持ち良くなりたいもの」

　竜一は頭を鈍器で殴られたようだった。

　淑乃に情が移っていただけに、ショックは大きかった。

2

「では、見ていなさい。私が淑乃を愛するところを……門馬さんもいろいろなことを経験しておいたほうが、いざとなって動じないだろう。もちろん、妙子を抱いてもかまわない。いや、抱いてやってくれ」

信じられないことを言って、秋芳は背後から淑乃の乳房を揉みながら、首すじにキスをする。

見たくない光景だった。

だが、首すじにキスされ、うなじを舐められて、

「あああぁぁぁ……」

淑乃が顎をせりあげた。

感じているのだ。淑乃は父親代わりの男に愛撫されて、陶酔しているのだ。

心の片隅に残っていた、やめさせるべきだという思いが一気に萎《な》えた。

そして、得体の知れない高揚感がせりあがってくる。

後ろに引き寄せられて、淑乃の膝が崩れた。

秋芳は左手で浴衣の前身頃をまくり、わずかにひろがった膝の間にすべり込ませる。

浴衣の前がはだけて、仄白い太腿が見え隠れし、左右の太腿をこじ開けるようにして秋芳の手が奥へと潜り込むのが見えた。

女形のように長くしなやかな指が波打ち、淑乃は秋芳に身を預けて、

「あっ……あっ……」

と、か細く喘ぐ。

曲がっていた膝が前に投げ出され、小さな足の指が内側によじりこまれ、外側に反った。

その間も、浴衣の胸が秋芳の指の動きそのままに形を変える。

目を奪われていると、妙子が作務衣のズボンの紐を外し、右手をすべり込ませてきた。ブリーフの裏側に忍び込んだ、冷たい指が硬直を握り込んでくる感触に、ぞくっとくる。

下腹部から湧きあがる快感に目をつむりたくなるのをこらえて、数メートル離れた布団の二人に視線をやりつづけた。

上から覆いかぶさるようにしている秋芳を、淑乃が迎え撃つようにして顔をあげ、唇を合わせている。

その親密で濃厚なキスに、淑乃は秋芳を愛しているのかもしれない、と思った。

何かがズシンと胸の底に落ちてきたようで、見ていられなくなって目を閉じた。

下腹部の硬直をゆるやかにしごかれる快感に身を心も奪われていく。

このまま陶酔感に身を任せようとした。だが、どうしても気になって目を開けてしまう。

秋芳が淑乃の浴衣を脱がしているところだった。

白い布地がすべり落ち、なだらかな肩がのぞき、つづいて、乳房が現れた。

眩《まばゆ》いばかりの光沢を放つ形のいいふくらみに、思わず息を呑んでいた。

決して大きくはないのだが、下側の充実した丸みがやや直線的な上の斜面を持ちあげて、中心より少し上についている乳首がツンと上を向いている。

そして、硬貨大の薄い乳暈《にゆううん》からせりだした乳首は、透き通るようなピンクだ。

処女だから、こんなにも穢《けが》れがないのだろうか？

秋芳が腋《わき》の下から右手をまわし込んで、ふくらみをとらえた。

乳房が大きな手のひらに包まれ、指の間から白い乳肉がはみだして、秋芳が揉み込むたびに形を変える。

つづいて左手も腋の下から伸ばされて、もう一方の乳房をとらえた。

やわやわと双乳を揉まれて、

「あああぁ……秋芳」

淑乃が片手を秋芳の首の後ろにまわして、上体をのけぞらせた。

美しかった。そして、いやらしかった。

四十も歳の離れた男が、お人形さんのような二十歳の女の乳房に指を食い込ませ、首すじに吸いついている。

秋芳の指がふくらみの中心ににじり寄り、人差し指で乳首の先をとらえた。円を描くように愛撫すると、少しずつ淑乃の気配が変わってきた。

後ろ手に秋芳の首にすがりつき、

「ぁあぁぁ、ぁあぁ……気持ちいいよ」

甘えたような媚《こ》びるような声を出す。

秋芳がそのまま淑乃を自分のほうに倒した。

そして、覆いかぶさるようにして、乳房をかわいがりはじめた。

竜一は二人の姿をほぼ横から見る形である。

頂《いただき》がいたいけにせりだしたこぶりの乳房が秋芳の手で揉みしだかれ、淑乃は秋芳の頭をかき抱くようにして、ほっそりした喉元をさらしている。

次の瞬間、秋芳が淑乃を完全に布団に仰向けに倒して、乳房にしゃぶりついた。

「あああんん……」

淑乃の顎がせりあがり、反り返った。

秋芳は乳首を吸い、舐め転がしながら、右手で脇腹を撫でた。

処女雪のように色白の肌が朱に染まっていた。還暦前の男に巧妙に愛撫され、淑乃は二人がいることさえ忘れてしまったように、ぐずるような声を洩らして、踵《かかと》でシーツをずりずりと蹴っている。

見てはいけないものを見ているような気がした。

だが、どういうわけか目が離せない。それどころか、股間のものは痛いほどに張りつめて、妙子の手のひらのなかで躍りあがる。

秋芳は淑乃の肢体を丹念に撫でている。それは、名工の手による陶器を愛好家が慈しむのに似ていた。

半帯が解かれ、白い浴衣が取り払われた。

横から見ると、薄い身体で、どこか儚げだった。だが、優美なふくらみを見せる乳房も鋭角に持ちあがった腰骨も、その中心に楚々として生えた陰毛の薄い翳りも、初々《ういうい》しくありながら、すでに女としての官能をたたえていた。

秋芳はその裸身を丹念に愛撫した。

乳房、脇腹、なだらかな丘陵を示す腹部、やや突出したふたつの腰骨、それから、一気に足先へと飛んだ。

片方の足を持ちあげて、その爪先に顔を寄せた。

足の裏をじっくりと舐めていく。

「やっ……くっ」

くすぐったいのか感じているのか、淑乃は爪先を折り曲げて、声を押し殺した。そんな淑乃に粘っこい視線を向けながら、秋芳は足裏に舌を走らせ、ついには親指を頬張った。

「あっ……ダメ」

いやがる淑乃を無視して、秋芳は親指をしゃぶりつづける。

とんでもない光景だった。いやらしい、おぞましい……。

だが、竜一は肌が粟立つような昂奮を覚えた。見ていたい。わずかの間も目を離したくない。

恥ずかしがる淑乃を、秋芳はねめつけながら親指の次には人差し指、さらには薬指と丹念に舐めしゃぶっていく。

唾液でぬめ光る舌が、足の甲からふくら脛《はぎ》へとまわり込んだ。

子持ちシシャモの腹に似た甘美なふくらみを示すふくら脛から、さらに膝を経由して、女の官能をたたえた内腿に這いあがっていく。

秋芳が太腿の付け根に舌を這わせると、

「あああぁ……ぁあぁ……」

淑乃は押さえきれない声をあげて、膝を立てた足を自らひろげ、そして、下腹部をせりあげた。

秋芳が顔を寄せている下腹部を、上下に揺すり、左右によじりながらまわした。

それから、上体を立てて、右手で秋芳の肉棹を握りしめながら、

「ねえ、来て。あなたのこれが欲しい」

淑乃は秋芳をまっすぐに見て言った。

すると、秋芳が困ったような顔で動きを止めた。

淑乃は困惑する座長を突き刺すような目で見て、激しく肉茎をしごきながら、

「どうしたの、できないの？　したいんでしょ。淑乃もあなたとしたいの」

突っかかるように言う。

いつもは冷静な秋芳の顔に、一瞬、悲しそうな色が浮かんだ。

二人のねじれた関係が、竜一にも伝わってきて息苦しくなる。

「できないなら、もう、こんなことしてほしくない。もう、いい」

「うるさい。私に従え！」

秋芳が語気を荒らげ、淑乃の腰を抱えて持ちあげた。

でんぐり返しをする途中の格好に押さえつけて、太腿の間に顔を埋めた。

「いやっ……」

淑乃は腰を逃がそうとするのだが、秋芳ががっちりと押さえ込んでいるので、わずかしか動けない。

秋芳がさかんに舌をつかっているのが見える。

「やめて……嫌い！」

秋芳を撥ね除《の》けようとしていた淑乃の勢いが止まった。

そして、両手でシーツを握りしめ、

「うっ……あっ……ぁあああぁぁぁ」

と、抑えきれない声をあげた。

秋芳が丹念に舌をつかっているのがわかった。

持ちあがった腰がぶるぶると震えはじめ、淑乃は顎をせりあげて、シーツを両手で引っ掻いた。

「あっ……あっ……」

と、仄白い喉元をさらしていたが、やがて、「うっ」と呻いて、ぴくりとも動かなくなった。

3

(イッたんだ。クンニだけで……)

淑乃が気を遣る姿を見て、竜一の股間ははちきれんばかりだ。

二人がいったん静かになったその時期を待っていたかのように、妙子が身を預けてきた。

体重を受けて、竜一は布団に押し倒される。

仰向けになった竜一を、妙子は切れ長の目で上から見おろしてくる。

さらさらのストレートヘアがまといつくやさしげな顔はほのかに紅潮し、切れ長の目は女の欲望に妖しく光っていた。

ほっそりして長い指が作務衣の上着に伸びて、結び目を解き、はだけようとする。

「妙子さん……」

竜一はその手をつかんで、動きを止めさせた。

妙子は自分が落ち込んでいたときにやさしくしてくれた。慰め、鼓舞してくれた。だから、肉体的にもこの人に包まれたい、繋がりたいという欲望はあった。だが、この人は秋芳の妻なのだ。

夫の前で、妙子を受け入れることに抵抗があった。

「大丈夫よ。あの人は……」

と、妙子が振り返った。

視線の行く手では、仁王立ちした秋芳の前に座った淑乃が、いきりたつ肉柱にキスをしていた。

秋芳がその視線に気づいて、こちらを見た。

「門馬さん、妙子を抱いてやってくれ。私はいっこうにかまわない」

そう言って、淑乃の黒髪を撫でる。

妙子が小声で言った。

「あの人は一夫一婦制を信じちゃいないの。自分も好きな相手とするから、お前も、という考え方なの」

「……それで、いいんですか？」

妙子はややあってうなずき、あらわになった竜一の胸板を手でさすってくる。

先日、劇場で秋芳は妙子の見ている前で、麻輝子を犯していた。

よく我慢できるな、と思っていたが、今夜はもうひとりの座員である淑乃を愛撫しているばかりか、妻に他の男と寝るよう勧めている。

ひどい男だと思う反面、そんな無茶なことを実現している秋芳という男に、羨望《せんぼう》を感じてもいた。

「いいのよ。わたしは今、門馬さんを愛したいの。心から、あなたと愉しみたいの。余分なことを考えなくていいのよ」

説くように言って、妙子は胸板に顔を寄せてくる。

小豆《あずき》色の乳首を柔らかく舐め、ちゅっ、ちゅっとついばんだ。

舌で乳首をあやしながら、脇腹から腰にかけて撫でてくる。

とまどいが消えたわけではない。

だが、乳首をいじられると、その甘美な感覚に身を任せたくなる。

妙子は胸板から顔をあげて、半帯を解き、浴衣を肩から落とした。

その肉体はこうして間近で目にすると、やさしさのなかにも女の豊穣さをたたえていて、この熟れた身体を抱きたいという欲望がせりあがってくる。

お椀形でふっくらとした母のような乳房が、目の前にせまってきた。

赤い乳首を口許に押しつけて、妙子が言った。

「舐めて、お願い」

秋芳の目が気になるが、ここまで来て、引きさがるわけにはいかない。

竜一は向かって右側の乳房をつかんで、くびり出てきた乳首に吸いついた。

母のオッパイを吸う赤ちゃんのような気持ちになって、かるく吸引した。もちろん母乳は出てこない。

「いいのよ、もっと吸って」

妙子が胸を預けて、髪を撫でてくる。

その母性あふれる、すべてを包みこむような表情を確かめながら、たわわな乳肉をやわやわと揉み、突起を舌で転がすと、

「はぁああん……」

妙子は顔をのけぞらせて、女の声をあげる。

竜一はますます妙子に惹かれて、敏感な突起をしゃぶった。ちゅぱっと吐き出すと、赤みを増した乳首は円柱形にせりだし、唾液でぬめ光っていた。

竜一はもう一方の乳首にも吸いつき、舐め転がしながら、反対側の乳房を手で揉みしだく。

尖ってしこってきた乳首を舌で撥ねあげ、もう一方の乳首も指先でこねると、

「ぁあああ……いい……いいのよ」

妙子は胸を預けながら、持ちあげた腰をくなり、くなりと揺らめかせる。

もっと感じさせたくなって、竜一は左右の乳房をつかんで真ん中に集めた。むぎゅうと寄った二つの乳房の頂上で、乳首が外側を向いて飛び出している。

片方の突起にしゃぶりつき、ちゅぱちゅぱと吸い、舐め転がすと、次は反対側の乳首に貪りつく。

舌で転がし、すぐにまたもう一方の乳首にしゃぶりついた。

鶯《うぐいす》が枝から枝へと素早く飛び移るように同じことをまた繰り返す。

すると、妙子はもうこらえきれないとでもいうように、

「あっ……あっ……いい。いいわ……」

悦びの声をあげながら、腰をますます激しくうねらせる。

だが、竜一が上になろうとすると、それを押しとどめて、

「いいの。もうしばらくわたしに身を任せて」

妙子は一気に身体をずらして、下腹部に顔を寄せた。

猛りたつものを握って、その形状や硬さを確かめるように指でなぞりながら、先端にキスをしてくる。

それから、顔をあげて距離を取った。

口をもぐもぐさせながら、先端の尿道口を指でひろげた。

次の瞬間、透明なものが垂れ落ちてきた。

女の唾液がきらきら光りながら、糸を引くようにまっすぐに落ちてきて、尿道口の開口部に溜まった。

妙子はすぐさま身を屈めて、突き出した舌で唾液をなすりつけるように、尿道口を舐める。

尖った舌先が、尿道口の内側にまで入り込み、ちろちろとくすぐってくる。

こんなことされたのは、初めてだ。

内臓をじかに舐められているような妙な昂奮が全身にひろがった。

なめらかな舌が潤沢な唾液をなすりながら、亀頭冠をぐるっと一周した。

それから、エラを下から撥ねあげてくる。

何度も繰り返されると、微弱電流に撃たれたような衝撃がひろがり、それがさしせまった快感へとふくらんでいく。

妙子はいったん顔をあげて、振り返った。

数メートル離れた布団では、仁王立ちした秋芳のいきりたちを、淑乃が頬張っていた。秋芳の腰を引き寄せながら、反り返った肉棹に唇を静かにすべらせている。

それを見てかきたてられるものがあったのか、向き直った妙子の目が怖いほどの光を放っていた。

妙子は一気に肉棹を根元まで咥え込んで、なかで舌をからませてくる。ゆっくりと引きあげていき、裏筋を舐めおろしてくる。

根元までさがった舌が、今度は這いあがってきた。

裏筋を触れるかどうかの微妙なタッチでツーッと舐めあげられると、ぞくぞくっとした快感が背筋を走り抜けた。

二度繰り返してから、妙子は竜一の膝をつかんで持ちあげる。

まるでオシメを替えられるときのように、股間ばかりかアナルまで露出してしまい、竜一は恥ずかしくなる。

だが、いやかというとそうでもなく、どこか心地よい。

次の瞬間、睾丸が温かいものに包まれる感触があった。

ハッとして見ると、皺袋が片方、妙子の口のなかにおさまっていた。

妙子は睾丸をひとつ頰張って、適度な圧迫でもぐもぐしてくる。

先日、麻輝子にも同じことをされた。もしかしたら、秋芳が二人に教え込んだのかもしれない。

妙子はいったん吐き出すと、もう片方の睾丸も呑み込んだ。

陰毛の生えた、鶏の皮みたいにグロテスクなものを、いやな顔ひとつ見せずに、頬張った。

それから、皺袋から口を離して、会陰部に舌を這わせてきた。

睾丸の付け根から肛門へと至る縫目を、舌であやすようにして往復させながら、肉棹を握ってしごいている。

（うう、気持ち良すぎる！）

痒《かゆ》いところを掻かれているような快感がうねりあがり、ざわざわと全身にひろがってくる。

ふいに暴発しそうになって、あわてて、指の動きを止めさせた。

妙子が、竜一の股の間から覗き込んでくる。

「いや、その……妙子さんのあそこを舐めたいんだ」

射精しかけたことの誤魔化しではあったけれど、本心でもあった。

うなずいて、妙子は身体を起こし、尻を向ける形でまたがってきた。

右手で肉棹を握ってしごきながら、左手を尻の底にあてて恥部を隠している。

その手を退けると、仄白い尻とその狭間に息づくものが目に飛び込んできた。

四十二歳の尻はいかにも柔らかそうな熟れた肉層が満遍《まんべん》なくついて、左右の丸みの谷間にはセピア色の窄まりが楚々とした佇まいを見せていた。

その下方では、一転してどぎつい色の女陰が左右の肉びらを開かせ、内部の赤みをのぞかせている。

先ほど見た淑乃の初々しい陰部とは違って、熟れた魅力を放ち、陰毛も濃く、しかも、本体は蜜を塗りたくったようにぬめ光っていた。

圧倒されていると、

「舐めたいんでしょ。いいのよ、舐めて」

妙子の声が聞こえた。

竜一は尻たぶを引き寄せて距離を近づけ、顔を持ちあげるようにして、女の肉花にしゃぶりついた。

「くっ……」

肉棹を握る指に力がこもる。

わずかに酸っぱい匂いがして、しかし、女の官能が詰まった芳香に刺激されて、男の欲望が完全に目覚めた。

蘇芳《すおう》色の縁取りのある肉びらを左右にひろげて、その狭間に舌を走らせる。

わずかにヨーグルトに似た味覚を味わいながら、上下に舌を往復させると、妙子は肉棹を握ったまま、

「あああ……それ、感じる……」

もっと、と言わんばかりに尻を突き出してくる。

もたらされる性の悦びが、日頃の淑《しと》やかさを軽々と乗り越えてしまった感じで、竜一はその淫らさに圧倒されつつも、かきたてられる。

夢中になって濡れ溝に舌を走らせ、膣口に尖らせた舌を押し込んだ。

上手くはできないが、しかし、精一杯ピストンさせて内部の粘膜をうがつと、

「あああぁ、気持ちいい……」

妙子は腰を突き出しながら、上体をのけぞらせる。

それから、思い出したように分身を頬張ってきた。

猛りたつ肉柱に唇をかぶせ、すべらせる。

いったんクンニをやめて尻を持ちあげさせると、妙子が硬直を咥えている姿がはっきりと見えた。

垂れさがった豊満な乳房の向こうに、女の顎の裏が見え、唇が変形しながら肉棹にまとわりついてすべっていく光景が、目に飛び込んでくる。

ジュブッ、ジュブッと唾音が立ち、恥ずかしいほどにそそりたつ肉柱が女の口に吸い込まれ、出てくる。

（いやらしすぎる！）

もう一刻も待てなくなってきた。

「妙子さん、それをここに」

言うと、妙子は身体の向きを変えてまたがってきた。

4

妙子はちらっと二人を見た。

布団に仰向けに寝た秋芳のいきりたちを、淑乃は這うようにして頬張り、さかんに首を縦に振っている。

そして、秋芳は愛妻が他の男のものを受け入れる姿を見て、目を細めている。

妙子と秋芳の目が合った。

しばらく見つめ合っていたが、妙子がこちらに向き直った。

自分の唾液でそぼ濡れた赤銅色の屹立をつかんで、太腿の奥へと導いた。それから、ゆっくりと腰を沈めてくる。

屹立がぬかるみの底へ嵌まり込むと、

「ぁああ、いい……あなたの長い。突いてくる……」

聞こえよがしに言って、竜一の胸に手をついた。

もう、秋芳のほうは見ない。だが、心は秋芳を向いているのがわかった。

膝を立てた姿勢で、静かに腰を持ちあげた。ぎりぎりまで引きあげて、ストンと落としてくる。

また持ちあげて、今度は肉柱の長さを味わうように一センチ刻みで沈めてくる。

「くうぅぅ……」

と、竜一は奥歯を食いしばっていた。

妙子の体内は熱く、とろとろに蕩けていて、ゼリー状のものがひたひたと押し寄せてくる感じだ。

窮屈というより温かく包みこんでくる感じの膣肉が、いきりたつものをしごきあげ、時々、きゅ、きゅっと締まってくる。

腰を上げ下げしていた妙子が、ちらっと秋芳に視線をやった。

秋芳は淑乃にフェラチオさせながらも、妻が竜一のシンボルを体内に呑み込んで腰を振る姿を、何かに憑かれたような目で見ている。

(秋芳は今、どんな気持ちなんだろう?)

竜一だったら、好きな女が他の男とセックスする姿など絶対に見る気にはならないだろう。だが、秋芳は……?

妙子がこちらを向いて、身体を重ねてきた。

竜一の髪を撫で、慈しむように見て、唇を合わせてくる。

夫の前でのキスはさすがに抵抗があった。だが、柔らかな唇が角度を変えて押しつけられ、舌先で唇の内側や歯茎までねぶられると、竜一も理性が飛んで、欲望の赴《おもむ》くままに唇を重ねていた。

キスは苦手だ。だが、妙子のなめらかな舌がねっとりと口腔を這うと、ひどく淫靡な気持ちになって、下手なりに必死に舌をからめていた。

これほど淫靡な気持ちになったのは、生まれて初めてと言ってもよかった。

濃厚なキスを交わしながら、腰を突きあげていた。

竜一の腰をまたいでいた妙子が、顔を持ちあげて、

「あっ……あっ……」

途切れとぎれの声をあげて、しがみついてくる。

竜一は汗ばんできた妙子の腰をつかみ寄せながら、激しく下から撥ねあげていた。

硬直が斜め上方に向かって膣肉を擦りあげ、

「ひぃっ、くっ、くっ……」

妙子がますます強く抱きついてくる。

だが、このままでは力が入らない。

竜一が女体の下から抜け出して上になろうとすると、妙子が自ら布団に四つん這いになった。

上体を低くして、尻を高くせりあげた姿勢で、

「この格好で……」

恥ずかしそうに言って、顔を伏せた。

四つん這いになって背中をしならせた牝豹《めひょう》のポーズが、妙子にはすごくよく似合った。

たぶん身体が柔軟なのだろう。それに、自分を動物に貶《おとし》めて、ご主人様お好きなようにしてください——という気持ちがにじみ出ていた。

竜一は蜜にまみれた肉棹を導いて、尻たぶの底に押しあてた。

赤いぬかるみが早く欲しい、とでもいうように後ろに突き出され、それとともに狭

間もひろがった。

　ちょっと腰を進めただけで、硬直が濡れ溝に嵌まり込み、熱いほどの肉襞が包みこんでくる。

「ぁあぁ、いい……奥まで感じる」

　妙子が心底気持ち良さそうな声をあげた。

　とろとろに蕩けた内部の蠕動に誘われるように、腰をつかっていた。いや、つかわされている感じだった。

　あまり速く動かしたら、すぐに射精してしまいそうだ。

　コントロールしながらゆったりと抜き差しをすると、長い肉棹が切っ先から根元まで沈み込み、

「あっ、あっ……たまらない。おかしくなりそう」

　妙子は顔を上げ下げして、律動を受け止める。

　もっと悦ばせようと少しずつピッチをあげると、

「ぁあぁ、痛い！」

　向こうから、淑乃の声が聞こえた。

　見ると、淑乃がいつの間にか、細い縄で乳房を二段に縛られて、こちらを向いて

座っていた。

そして、背後から秋芳が乳房を荒々しく揉みしだいていた。

ふくらみが変形するほどに乳房を鷲づかみ、指先を食い込ませながら、こちらを熱のこもった目で見ている。

秋芳も愛妻が他の男に貫かれて、平静ではいられないのだと思った。

きっと、いろいろな思いが胸中を駆け巡っているのだ。

「ねえ、突いて。もっと気持ち良くさせて」

妙子がせがんでくる。竜一はまた打ち込みを開始した。

ほどよくくびれたウエストから急激に張り出した腰をつかみ寄せ、ゆっくりとだが確実に大きく、イチモツを体内に潜り込ませていく。

「あああぁ、いい……感じるわ。あなたのものがわたしを刺し貫いてくるのを」

妙子が言って、シーツをぎゅうと握りしめる。

熟れたマンゴーの果実が、温められて、そこを貫く屹立をまったりと包み込みながら、時々、きゅ、きゅっと締めつけてくる。

このまま一気に爆発したいのをこらえて、竜一は律動をコントロールし、そして、前屈みになって乳房をとらえた。

じっとりと汗ばんだたわわな房の頂上に、周りとはまったく違う硬い突起があって、そこをくりくりとこねる。すると妙子は敏感に反応して、「ぁあああ、ぁあああ」と糸を引くような声をあげる。

膣肉が波打つようにして分身を強く包み込んできて、竜一はまた腰をつかみ寄せて強く打ち込んだ。

「あんっ、あん、あんっ……いい。壊れる！」

妙子はますます上体を低くし、尻をこちらに突き出すようにして、逼迫した声を放った。

視線を感じて見ると、秋芳が妻の痴態を食い入るように見ていた。

おそらく麻縄だろう、細引の縄でくくった淑乃の乳房を鷲づかみながら、熱のこもった目で、歓喜の声をあげる妻の姿を眺めている。

ここまでくると、もう罪悪感はなかった。

秋芳に申し訳ないという気持ちよりも、夫の目の前で、その妻をもっと感じさせたいという倒錯した思いが勝っていた。

大きく腰を引き、反動をつけた一撃を叩き込む。

長い肉茎が先端から根元までぐいっとすべり込んで、

「ぁあああ、いい！」

妙子がシーツを掻きむしった。

それから、妙子は右手を後ろにまわして、「つかんで」と言う。

以前にも、秋芳との行為で妙子は同じことをしていた。

背中に伸びてきた腕をつかんで引きあげると、妙子は上体を半身にして、その姿勢で打ち込みを享受する。

眩いばかりの乳房が片方見えて、上体をねじったその姿形がひどく煽情《せんじょう》的だ。

「ぁあああ、もっと引っ張って。妙子を懲《こ》らしめて」

肘を握っていっぱいに引き寄せながら、激しく腰を叩きつけた。

パチン、パチンと破廉恥《はれんち》な破裂音が立ち、妙子は感極まった声をあげて、やさしげな顔をゆがませる。

ふいに、秋芳が声をかけてきた。

「妙子、気持ちいいか？」

「……はい。気持ちいい。響いてくる。門馬さんのおチンチンが内臓を貫いてくる。喉から出てくる」

「そんなに気持ちいいのか？」

「はい……あなたとするより、ずっと気持ちいい」

秋芳の表情が変わった。

顔をこわばらせて、どこか怒ったように目を吊りあげ、淑乃の前にまわった。

猛りたつもので、小さな唇を割り、顔を引き寄せながら強く腰を振った。いきりたつ肉棹が唇を凌辱して、淑乃は苦しそうに眉根を寄せながら、秋芳を見あげている。

秋芳はいったん目を合わせたが、すぐにまた妻のほうを見て屹立を叩き込んでいく。

妙子を犯しているつもりなのだと思った。

「こっちも……」

妙子がもう片方の手を後ろに差し出してきた。

竜一はその手もつかんで、のけぞりながら後ろに引っ張り、硬直を押し込んでいく。

「あんっ、あんっ、あんっ……」

苦しい格好で貫かれながらも、妙子は悩ましい声をあげる。

竜一が一気に抜き差しを強めると、妙子は「あっ……」と喘いで、全身の力を抜いて前に突っ伏していった。

(イッたんだな)

夫の目の前で、気を遣ったのだ。

接合が解けて、分身が虚しくいきりたっている。

絶頂後、腹這いになってぐったりしている妙子を上向かせ、膝をすくいあげて、猛りたつものを太腿の中心にあてがった。

一気に貫くと、熱い滾《たぎ》りが硬直にまとわりついてきて、

「はうぅぅぅ……」

妙子はまるでまた気を遣ったかのように、顎をせりあげる。

どろどろに蕩けた肉襞が分身にからみつき、絞りあげてくる。

もう、我慢できなかった。

竜一は妙子の足を肩に担ぎ、そのままぐっと前傾した。

妙子の女体がジャックナイフのように腰から折れ曲がり、竜一の顔のほぼ真下に、妙子の顔が見えた。

足を伸ばし、体重を分身と膣肉の繋がっている地点に集中させ、夢中になって腰を打ちおろした。

上を向いた女のとば口に、猛りたつ男のシンボルがずりゅ、ずりゅっと嵌まり込み、奥まで打ち貫き、そして、妙子は気が触れたかのように首を振り、手をさまよわせる。

「あん、あんっ、ぁあうぅぅぅ……すごい、すごい。あそこが開かれてる。ひろ

がってる」

妙子は両手で、竜一の腕を握り、潤みきったとろんとした瞳で見あげてくる。さらさらの髪が紅潮した顔にまといつき、やさしげな眉がたわみ、唇がほどけて歯列がのぞき、竜一はたまらなくなる。

もう、秋芳と淑乃のことは気にならなかった。

射精したい。そして、妙子をイカせたい——。

その一心で、深くえぐりたてた。

硬直が膣肉をかきわけて体内深くすべり込み、内部の粘膜が亀頭冠のくびれに嵌まり込んできて、竜一は急速に高まった。

「ぁああぁ、ぁあぁ……またイキそう。門馬さん、妙子、イキそう」

「いいんですよ、イッて。俺も、もう……」

もう抑制する必要はない。

竜一は遮二無二《しゃにむに》なって、大きく強く腰を振りおろす。

肉の杵《きね》が粘膜の臼《うす》を押し広げ、いやらしい音とともに膣の奥に届いた。

「あっ、あっ……門馬さん、イク……イクわ。イッていい？」

妙子が両腕にしがみつくようにして、見あげてくる。

「もちろん、イッていいですよ」

ぼうと霞みのかかった潤んだ瞳が、何かにすがるようで、その気持ちを受け止めたくなって、竜一は最後の力を振り絞った。

「ぁあああぁ……くる。くる……」

「そうら……」

連続して叩き込んだとき、結び目が解けるような感覚があって、体液がしぶくのがわかった。

噴出させながらも駄目押しの一撃を深いところへ届かせると、

「イク……やぁあああぁぁぁぁぁぁぁぁ、はう！」

妙子は部屋の空気を切り裂くような甲高い声を放って、のけぞりかえった。

肩に担がれた足で宙を蹴るようにして、両手で頭上の枕をつかんだ。

しばらく顎を突きあげていたが、やがて、がっくりとなった。

目が眩《くら》むような射精が終わり、竜一も力が抜けて、覆いかぶさっていく。

はあはあという荒い息づかいがちっともおさまらない。心臓がばくばくしている。

だが、その苦しさが心地よかった。

竜一は妙子の湿った肌を感じている。いまだ繋がっている女体の濡れた肉壺を感じている。

そのとき、つらそうな女の呻き声を聞いて、顔をあげた。

秋芳が怒張を淑乃の口に叩き込んでいた。

オカッパをつかんで引き寄せながら、狂ったように腰を前後に動かしている。

そして、淑乃は眉根を寄せて、苦しそうな顔をしながらも、サクランボのような唇を必死に肉棹にからみつかせている。

やがて、秋芳が「うっ」と呻いて、下腹部をせりだした。

そして、淑乃はおそらく噴き出しているだろう白濁液を咥えたまま受け止めている。

繊細な喉がこくっ、こくっと上下に動き、それを呑んでいるのがわかる。

(淑乃……!)

心が悲鳴をあげた。

そんな気持ちをわかっているかのように、妙子が下から抱きしめてくる。

ドクッ、ドクッと心臓が刻む鼓動が耳のなかで響いて、竜一はしばらくその鼓動に身を任せようと思った。

第四章　卑猥な影絵遊び

1

その日は休演日だった。

今の演目を始めて十日が経ち、少しは慣れてきたものの、ミスしないように緊張のしっぱなしで、しかも、一日三回の公演だからくたくたになる。

午前中を寝て過ごした竜一は、午後になって淑乃に誘われて、散歩に出た。

遅い春を迎えたこの土地も、桃が随所に咲いて、ぽかぽかと暖かい。

春の装いをした田舎《いなか》の道を、淑乃と歩くのは心地が良かった。

前を歩いている淑乃は、長袖《ながそで》のカットソーを着てフレアのミニスカートを穿いている。小柄だが、足はすらっとして長い。いつもとは違うカジュアルな格好に、竜一は新鮮な昂奮を覚えてしまう。

「春になると、空気が急にいやらしくなるね」

淑乃が振り返った。

「い、いやらしくなる？」

「ええ、肌を撫でる風が艶めいてくる。空気の匂いも違うでしょ、感じない？」

「あ、ああ。まあね、確かに……」

気温があがり、花も咲きはじめるので、きっとそう感じるのだろう。

淑乃が近づいてきて、隣に来た。

山道をゆっくりとあがっていくと、淑乃が訊いてきた。

「東京のマンションのほうはどうしたの？　出たの？」

「いや、出てないよ。家賃は毎月、口座から自動で引き落とされるしね。それに、ここだってどれだけつづけられるか、わからないだろ」

「そんな気持ちじゃ、長続きしないよ。門馬さんは指が長いから影絵に向いていると思う。やっぱり、手影絵が基本だしね」

「そうかな？　俺、向いてるかな？」

「ええ、向いてると思うよ」

おそらく激励しようと無理しているのだろうが、褒められて、これまでの疲れが少し取れた。一座内で淫靡な関係を結んでいる竜一ではあるが、影絵芝居に関しては、真面目に取り組んでいた。

二人は息を切らして、つづら折りの道を登っていった。古い板に黒い文字で『天狗の湯』と記された表示板が目に飛び込んできた。

「ここは？」

「露天風呂……。森のなかに小さい温泉があるんだけど、寄ってく？」

「えっ……？」

「寄っていこうよ」

淑乃は竜一の手を引いて、どんどん森のなかに入っていく。

針葉樹の間の小道を進んでいくと、小さな掘っ建て小屋があって、その向こうに切り妻式の屋根があり、湯けむりがあがっていた。

静かで、人の声も聞こえないし、人影もない。

淑乃が立ち止まって、竜一を見た。

「昔、この森に住む天狗が浸っていたと言われる温泉なの。入ろうよ」

「……いいのかい？」

「ええ、いいから言ってるの」

「もしかして、混浴？」

「そうよ。いいじゃない。この前、二人ともお互いの裸を見てるんだから、恥ずかしくないでしょ」

そう言われると、断われない。いや、むしろ、胸が躍った。

脱衣所だけは男女別になっていた。やはり、人影はない。

（そうか、露天風呂で淑乃と二人きりか……）

胸躍るが、先日のことがあるから手放しには喜べない。ちょっと複雑な心境で、檜《ひのき》造りの簡素な脱衣所で服を脱ぎ、外に出る。

周囲を御簾《みす》で覆われた小さな四角い岩風呂から、湯けむりがあがっていた。淑乃の姿はまだない。

陽差しは暖かいが、裸だとやはり寒く感じる。

カランで急いでかけ湯をして、岩風呂につかった。

お湯はぬるく、このへんは単純アルカリ泉なので、透明で澄んでいる。

間もなく、脱衣所から淑乃が出てきた。

当たり前だが、生まれたままの姿である。タオルを持ってきていないので、裸身を隠すものもない。

春の柔らかな陽光のもとで見るせいか、肌はいっそう白々として、だがきめ細かいせいかそのなめらかさが伝わってくる。

そして、小柄だが均整の取れた裸身は比較的ふっくらとして、乳房のトップがツンとせりあがり、足は伸びやかで長い。

下腹部を覆う薄めのアンダーヘアに見とれているうちにも、淑乃はかけ湯をして岩風呂に入ってきた。

やはり女心なのか、恥ずかしそうに乳房と陰毛を隠してお湯に入り、竜一の隣に腰をおろした。

雲が走る春のぼんやりと霞んだ空を見あげて、頭を肩にもたせかけてくる。

ドキッとして、身がこわばってしまう。

先日、淑乃が秋芳に処女のままかわいがられる様子を見ている。だから、複雑と言えば複雑だ。

それでもこうしていると、胸が高鳴り、初恋をしたときのように心が切なくなる。

淑乃はもう少ししたら、『天狗祭り』で天狗に処女を捧げることになる。はっきり言って、そんな前近代的な儀式で淑乃が犠牲になるなんて、可哀相だ。怒りさえ覚える。


しかし、自分がとやかく言える問題ではない。そのことがつらい。

猛烈に肩を抱き寄せたくなった。

だが、自分がこれ以上淑乃に思いを寄せたら、きっともっとつらくなるだろう。

ぐっとこらえて、思いを口にした。

「淑乃は、このままでいいのかい？」

「えっ……どういうこと？」

「つまり……」

「はっきり言って」

「『天狗祭り』で人身御供《ひとみごくう》になることだよ」

思い切って言うと、淑乃の横顔がこわばった。

「ひどい話だよ。この時代でそんなことあり得ないよ」

「……わかっているわ、そんなこと」

「だったら、なぜ？　こんなところ辞めて、逃げればいいじゃないか」

「いやじゃないからよ。決まってるじゃない。わたしは早く処女を捨てたいのよ」

吐き捨てるように言って、淑乃は右手で股間のものをつかんできた。

「わたしはすごくいやらしいの。今だって、これが欲しくてたまらない」

握って、大胆にしごいてきた。

唐突すぎて、無理やりしているような、自棄《やけ》になっているような違和感を覚えた。もしかして、心からの言葉ではないのではないんじゃないか、とも思う。だが、本人がそう言うのだから、こちらはこれ以上突っ込めない。

淑乃が立ちあがった。

目の前にお湯を滴《したた》らせた陰毛の薄い翳《かげ》りがあって、ドキッとする。

ふたつの乳房を下から見る形になって、その豊かな下側の房とツンと尖った乳首が目に飛び込んでくる。

淑乃は正面から竜一をまたいで、膝の上に座った。

乳房を押しつけながら、言った。

「ねえ、吸って」

「いや、だけど……」

「いやなのね。わたしが秋芳とああいうことをしていたから、嫌いになったのね」

「そうじゃないよ」

「だったら、して」

淑乃がいっそうぴちぴちした乳房をすり寄せてくるので、竜一はそれを手で受け止めた。

フェラチオまでされた相手である。体が覚えていて、勝手に欲情してしまう。

竜一は覚悟を決めた。いったん周囲を見て人の気配がないことを確認して、そっと乳首に唇を寄せた。まだ柔らかい突起を口に含むと、

「あうん……」

淑乃は声を洩らして、竜一の首の後ろに手をまわし、上体をのけぞらせる。

妙な気持ちだ。

露天風呂で、女性を愛撫するなんて生まれて初めてだ。

そよ風が木の葉を揺らす音や、小鳥の囀《さえず》りが聞こえてくる。森の匂いもする。

最初は周りが気になって集中できなかった。

だが、唇に感じる乳首がどんどん硬くなり、膝に載った尻がもぞもぞと動いてその重たさを股間に感じると、周囲があまり気にならなくなった。

乳房をむぎゅうとつかみ、尖ってきた乳首を舌で上下に撥《は》ねて、左右に弾《はじ》いた。

体温があがっているせいか、赤みを増してきた乳首がカチカチになってきて、

「ああん、いい……気持ちいいよ」

淑乃が尻を揺するので、下敷きになっている分身がうれしい悲鳴をあげた。

竜一は夢中になって乳首を吸い、乳房を揉みしだいた。

「ああん、ダメっ……声が出ちゃうよ。うっ、うっ……」

周囲を意識しているのか、淑乃は必死に声を押し殺していたが、竜一が舌で乳首をしごくようにして吐き出すと、

「ぁあぁぁぁ……」

糸を引くような喘ぎが、湯けむりのなかに響いた。それから、

「欲しいよ。これが欲しぃ」

尻を前後左右に振って、その下で勃起している肉茎をぐにぐにと圧迫してくる。それから、右手をお湯のなかに潜らせて、猛《たけ》りたつものを握り、物欲しそうにしごくのだ。

竜一は猛烈に挿入したくなった。

だが……。祭祀の際に処女だと偽ってもわかりはしないだろう。しかし、その前に処女かどうか厳密に調べられるらしいのだ。もしそれで、処女でないことがばれたら大変なことになる。

「ねえ、入れて。これを」

「……いや、だけど……」

「できないのね。さっき、わたしのことを罵っておきながら、自分ではその勇気もないじゃないの」

この指摘はかなりこたえた。

「ふん……もう、いいわ。出ましょう」

淑乃が立ちあがった。

「いや、ちょっと待ってくれ」

「いやよ」

「いいから」

逃げようとする淑乃を正面から抱きしめた。

ぎゅっと引き寄せると、お湯で温まった女体が腕のなかでしなった。

「淑乃、俺……」

顔を両手で挟み付けて、顔を寄せた。

唇が重なって、淑乃は一瞬、それを拒んだ。もう一度唇を合わせると、今度は拒まなかった。

淑乃の唇はぷにぷにして、それでいて凛《りん》と張っていて、幸せな気持ちになれた。

下腹部の勃起が鋭角に持ちあがり、柔らかな腹部に触れている。

もともとキスは苦手である。だが、テクニックの問題じゃない。

気持ちをぶつけるように闇雲に唇を押しつけていると、淑乃が唇を開いて、舌を差し出してきた。

唾液でぬめる肉片を唇で包み込むようにして頬張り、それから、舌の裏側を舐めた。

つづいて、ちろちろと舌先をくすぐるようにしてあやし、また頬張った。

淑乃は下手くそなキスに、一生懸命応えようとしている。

二人は唇を開き、吐息の交換をしながら、二人の中間地点で舌をぶつけあった。

その蕩けるような感触が下半身にも及び、分身が痛いくらいに張りつめてくる。

やがて、淑乃は唇を離して、身体を沈ませた。

岩風呂のなかで突っ立っている竜一の前にしゃがんで、猛りたっているものを握りしめた。陰毛をかきわけるようにして根元を握り込み、先端にちゅっ、ちゅっとキスをする。

竜一を見あげながら、亀頭冠の真裏にある裏筋の出発点をちろちろと舌であやしてくる。

「くぅぅ……」

竜一はもたらされる悦びに、天を仰いだ。

目をうっすらと開けると、雲を浮かべた春の空が視界を覆った。

ふたたび下を向くと、淑乃は竜一を見あげたまま、亀頭冠の真裏に舌を這わせていた。

オカッパの黒髪が左右に割れ、お湯で温められてほんのりと桜色を帯びた首すじから肩にかけてがすごくエロティックだ。

見とれているうちに、淑乃は裏筋を舐めおろしていき、睾丸を頬張った。

顔を上向かせるようにして、皺袋を口におさめ、もぐもぐと揉みしだく。

先日、妙子にしてもらったことだが、それを淑乃がすると、こんなかわいい女の子が、というギャップがあるせいか、いっそう感じてしまう。

いきりたつ肉棹のすぐ下に、淑乃の顔があるのが、すごく奇妙でもある。

淑乃はちゅるっと吐き出して、裏筋に沿って舐めあげてくる。

先端まできて、上から覆いかぶさるようにして屹立を頬張った。

ゆっくりと顔を打ち振って、亀頭冠を中心に唇をすべらせながら、根元を指でしごいてくる。

まったりとした唇が敏感な箇所にまとわりつき、なめらかに行き来して、搔痒《そうよう》感にも似た快感がふくらんできた。

自分のシンボルが溶けながら充実していく。血管が膨張し、そこを歓喜の血液がドクドクと流れる悦びに、竜一は目を閉じた。

立ち昇る湯けむり、小鳥の囀り、肌を撫でていく春風、そして、分身を包み込んでくる口腔の温かい粘膜――。

これ以上の至福が他にあるとは思えない。

たちまち追い詰められて、竜一は射精をこらえた。

すると、淑乃が肉棹を吐き出して、言った。

「淑乃の口を犯して。あそこだと思って」

「犯すって？」

「どうせ、処女は奪えないんだから、お口を犯して」

犯す、というのは、つまり、強制的なフェラチオということだろう。

言われて、竜一は淑乃の顔を両手で挟み付けて固定して、猛りたつものを打ち込んだ。

腰を前後に振ると、屹立が柔らかな唇を押し割って、行き来し、時々歯列に触れる。

角度を調節しながら叩き込むと、

「んんんっ……」

淑乃は苦しそうに眉をひそめる。だが、いやがっているようには見えない。

つらそうな吐息を鼻から洩らしながら、懸命に唇をからめている。

そのとき、淑乃が顔を斜めに向けたので、切っ先が頬の内側の粘膜を擦って、リスの頬袋のようにふくらんだ。

せっかくの美貌が台無しだ。だが、淑乃はむしろ自分からそれを求めているようにも見える。

反対側も擦りあげると、亀頭部に粘膜がまとわりつく快感に、急激に射精感が込みあげてきた。

「淑乃……出そうだ」

言うと、淑乃は目で、出してもいいよ、と訴えてくる。

顔を固定して、強く腰を躍らせた。

俗世間が遠のいていく。そして、火の塊が下腹部でどんどん燃えひろがり、ジンとした痺れがやがて甘さをともなった快美感に変わった。

ジュブッ、ジュブッと唇の間を犯されて、淑乃は眉根を寄せながらも竜一を見あげてくる。

白目の上部に吊りあがった瞳が妖しく潤みながらも、じっと見据えてくる。

思いを口にしてぐいぐいと打ち込んだとき、至福が訪れた。

「おおぅ、淑乃、好きだ！」

体液が猛スピードで噴き出る快感が這いあがってきて、それに身を任せる。

甘い陶酔のなかに吸い込まれていくような絶頂感が体を貫き、そして、腰がひとりでに痙攣した。

淑乃が咥えたまままちゅーっと吸うので、魂までもが抜け出していくようだ。

打ち尽くしたとき、淑乃がこくこくと体液を嚥下《えんげ》しているのがわかった。

2

その日の夜、竜一は淑乃の部屋で、手影絵を教えてもらっていた。

腕と手と指を使っての手影絵は、いわば影絵の基本であり、『てんぐ座』の公演でも頻繁に使われている。

竜一は指が長いから上達する可能性はあるが、指のしなやかさに欠け、また、覚えが悪くて、秋芳には常に怒られていた。

そのことを淑乃も知っていて、休演日を利用して、コーチをしてくれているのだ。部屋の中央には、小さめの障子が置かれ、離れたところには電球が光を放ち、その光源と衝立《ついたて》障子の間で、淑乃が手影絵を作っていた。

定番の犬、キツネ、猫、カニ、などの復習を終えたところで、

「ほら、これが、ガチョウ」

淑乃は右手の指を巧みに組み合わせて、ガチョウの顔の形を作り、長い首に見立てた右腕を自分の頭の前に立てた。それから、左手で尾の形を作って後頭部につける。

「向こうから見て」

竜一が障子の反対側にまわり込むと、白い障子に、水面に浮いているガチョウの姿が黒いシルエットとして映った。

「泳ぐわよ」

すぐに、ガチョウが首を振りながら水面を進みはじめた。

後ろにまわって見ると、淑乃はガチョウの首に見立てた右腕を大きく動かしながら自分も前に進んでいる。

「わかったでしょ。やってみて」

竜一がガチョウの顔を形作るのに戸惑っていると、淑乃が近くにきて、

「ここはこう……人差し指を曲げて目を作って。動物は目がないと、生き物っぽく見えないのよ」

手を取って、丁寧に教えてくれる。

淑乃はすでに浴衣に着替えていた。おそらく下着はつけていないだろう。

白い浴衣の襟元にゆとりができて、仄白《ほのじろ》いふくらみがもう少しで乳首まで見えそうなほどにのぞいて、ドキッとする。

昼間に『天狗の湯』でフェラチオしてもらったせいもあって、淑乃が近くにいるだけで、下腹部がむずむずしてくる。

湯上がりの女の放つ特有の匂いがして、さらさらの黒髪は椿油みたいな芳《こう》ばしい香りを放っている。

「障子に映った影を見ながらやるのよ。じゃあ、わたしは反対側に行くから」

淑乃が障子の向こう側にまわったのを確認して、竜一は右腕を大きく振りながら前に進む。

「そうそう……上手いよ。もう一度、今度は反対に進んで」

言われたようにすると、

「リズムが悪いよ。尾っぽも動かして」

叱咤が飛んでくる。

「そう、上手……忘れないでね」

淑乃は戻ってきて、

「次はウサギの親子ね。わたしが親をするから、門馬さんは子ウサギのほうね」

左右の手指をからませ、指を立てる。後ろに向かって伸びた中指と薬指がウサギの長い耳になり、違う方の人差し指と中指が手になる。

「見てて」

淑乃が手を動かすと、障子に映った影はまるでウサギが飛び跳ねているように見えた。

「じゃあ、子ウサギのほうね」

淑乃が手影をやめて、竜一に子ウサギの作り方を教えてくれる。

シンプルで、片手で一匹作る。後ろに突き出させた中指と薬指がウサギの長い耳だ。

「門馬さんは障子に近づいて。小さく映ったほうがかわいいから」

淑乃が言う。

光源に近いほどスクリーンには影が大きく映り、離れれば小さくなる。

「じゃあ、やるよ。親ウサギが子ウサギをかまうから、子ウサギも甘えるのよ」

淑乃は両手で巧みに親ウサギのシルエットを作り、竜一の作った子ウサギを手でヨシヨシしてくる。

竜一も障子の影絵を見ながら、子ウサギが顔を擦りつけて甘える仕種を真似る。

二人の距離は少し離れている。だが、障子では二匹はすぐ近くにいて、子が頭を撫でられている。

影絵は不思議だ。

すべての色も質感も消えて、平面的な黒いシルエットになってしまう。

まるでマジックのようだ。その魔術性が面白く、神秘的なのだ。

淑乃が近づいてきた。

湯上がりのミルクみたいな匂いがふわっと包み込んでくる。

淑乃は右手でキツネのシルエットを作って、竜一の耳元で囁いた。

「中指を立ててみて」

言われたように左手を向かい合わせて、中指を前に突き出した。

すると、淑乃がキツネの顔を作っている親指と中指をひろげ、立てた中指を挟み付けてくる。

障子に目をやると、前方に突き出した中指、すなわちペニスをメギツネが頬張っているように見える。

「ふふっ、キツネさんがフェラチオしてるみたいね」

隠やかに微笑んで、淑乃が見つめてくる。

笑うと、目尻がさがって、ぐっと愛嬌が増す。

淑乃が親指と中指で屹立を咥えているみたいに、前後に動かす。

「俺も動かすからな」

竜一はピストン運動を模して、中指を前後にすべらせた。

最初はゆっくり、少しずつピッチをあげると、淑乃が中指を握ってきた。

右手の指全体で握るようにしたので、ペニスと化した中指がずぶずぶと膣を犯しているような錯覚さえおぼえた。

「ふふっ、どんな感じ？」

「まるで、淑乃とやってるみたいだ」

「わたしもされてるみたい」

淫靡に微笑んで、淑乃が左手をおろし、竜一の股間に触れた。

竜一は作務衣を着ている。ズボン越しにイチモツをぐっとつかまれ、下から持ちあげるようにしてさすられると、いっそうたまらなくなった。

ふいに淑乃が手を離し、浴衣の襟元に手をかけて、もろ肌脱ぎになった。なだらかな肩、乳房……色白の上体が露出し、光源である電球の明かりを半身に浴びて、立体的に浮きあがっている。

ふと障子を見ると、あらわになった乳房がほぼ真横からの角度でシルエットを作っていた。

切り取られた影のような乳房は、たおやかな形がくっきりと出て、やや上方でツンとせりだしている乳首の突起がひどくいやらしい。

次の瞬間、淑乃が前にしゃがんだ。

恥ずかしいほどの角度でそそりたっているペニスを見て、

「ふふ、天狗の鼻みたいね」

いきりたつ肉茎を下からすくうようにして撫でる。

それから根元を握って、ゆっくりとしごきながら、障子を見た。

障子のスクリーンには、天狗の鼻を行き来する淑乃の手が生き物のように映っている。それから、淑乃は頬張ってきた。

顔を寄せ唇をひろげて口におさめて、ゆったりと顔を打ち振る。

「くうぅぅ……」

すぐさま湧きあがる快感に唸りながら、竜一は障子を見た。

天狗の鼻のようにいきりたつ長い肉棒が、人の横顔の鼻の下に姿を消し、しばらくすると、また出てくる。

また、挿入したくなった。淑乃のバージンを奪いたくなった。

だが、自分にはその結果起こる事態を背負い込むだけの覚悟はない。

迷っているうちにも、淑乃のフェラチオに力がこもってくる。

「んっ、んっ、んっ、んっ……」

両手で腰をつかんで、口だけで力強くしごいてくる。

(ダメだ。また、出る！)

下腹部の灼熱が我慢できそうにもないほどひろがってきたとき、廊下を歩くドスドスという足音が急速に近づいてきた。

あっと思って、淑乃から離れようとしたとき、襖《ふすま》が勢いよく開け放たれた。

作務衣姿の秋芳が肩を怒らせて立っていた。

ぎょろっとした目が、竜一の前で半裸でしゃがんでいる淑乃をとらえ、

「何をしている！」

部屋に入ってきたと思ったら、淑乃の腕をつかんだ。

力ずくで立たされて、淑乃がもろ肌脱ぎだった浴衣に腕を通した。

竜一はあわてて作務衣のズボンをあげて、勃起をしまう。

秋芳は無言のまま、鋭く一瞥《いちべつ》してくる。その血走った目が、秋芳の怒りを十二分に伝えてきて、竜一は震えあがった。

秋芳は竜一から視線を外して、

「来い！」

淑乃の腕を引いた。

「いやよ！　わたしが何をしていても関係ないでしょ。処女さえ失わなければ」

淑乃が腰を引きながら、秋芳を見た。

秋芳は口に出かかった言葉を呑み込み、唇をぶるぶる震わせていたが、

「いいから、来い！」

腕をつかみ、髪を鷲づかんで、強引に淑乃を引き立てていく。

「いやだって……暴力はよして、痛いよ、痛い……」

半泣きになりながら、淑乃は部屋から廊下へと連れ出された。

足音と淑乃の声が消え、ひとり残された竜一は呆然《ぼうぜん》として部屋に突っ立っていた。

ドクッ、ドクッ……心臓の鼓動がやけに大きく聞こえる。

しばらくして、また足音が近づいてきた。開け放たれた襖の間に、妙子と麻輝子が現れた。

「外に出ましょうか。座長が淑乃にお仕置きをするから、あなたはここにいないほうがいいと思う」

妙子が言った。自分のために淑乃が折檻《せっかん》を受けるのだとしたら、やめさせるべきだと感じた。

「いや、もしお仕置きがほんとうなら、俺は残るよ。座長にやめるように言う」

「正義漢ぶらないで！　弱虫のくせに……いいから、来なさい。あなたのためを思って言っているんだから」

麻輝子がにらみつけてきた。竜一がためらっていると、二人は刑事が犯人を連行するみたいに竜一を両側から挟みつけて、

「来なさい」

と、竜一を強引に引き立てていく。

（ゴメン、淑乃。俺……）

竜一は後ろ髪を引かれる思いで、宿舎を出た。

3

連れていかれたのは、『てんぐ座』の小屋だった。

今日は休演日だ。石段を昇っていくと、合掌造り風の小屋が暗闇のなかに沈んでいた。

鍵《かぎ》を開けて小屋に入り、照明を点けて、エアコンを効かせる。

妙子がどこからか一升瓶と器を持ってきて、三人は客席の一画で、車座になって酒を呑む。

妙子も麻輝子も、ニットセーターにスカートという普段着の格好だ。

足を崩しているので、スカートからのぞくむちっとした熟女の太腿が視野に入る。

セーターを持ちあげた胸のふくらみにも視線が向かってしまう。

差し入れの純米酒をちびちびと舐めていると、また、秋芳と淑乃のことが気になってきた。

きっとそれが顔に出たのだろう、妙子が言った。

「やはり、二人のことが気にかかるみたいね」

「……」

「あなた、淑乃が好きなんでしょ？」

麻輝子がズバッと切り込んでくる。

「わかるわよ、見ていれば」

見透かされていたのだ。おそらく、一座には丸わかりだったのだろう。恥ずかしくて、内臓がきゅっと縮んだ。

「でも、失恋に終わると思うわよ。だって、淑乃は座長が好きなんだから」

この前の二人での痴戯のときにも、淑乃はそう言っていたし、雰囲気でわかる。

だが、麻輝子の口から念を押されると、自分でもびっくりするくらいに打ちのめされた。

それを認めたくなくて、思わず突っかかっていた。

「だけど、座長は淑乃を自分の娘のように思っているんでしょ。おかしくないですか？」

麻輝子がちらっと妙子を見た。

「淑乃が来てからもう五年目だものね。まだ中学を卒業したばかりで、座長も最初は自分の娘のように世話をしてやっていた。だけど、淑乃はどんどんきれいに、女らしくなっていった。その頃から座長の淑乃を見る目が変わってきたわね」

妙子がきゅっと唇を噛んだ。

「ほんとうは、自分の女にしたいのよ。だけど、秋芳にはわたしがいるしね」

「でも、だったらなぜ、お祭りの貢ぎ物なんかにするんですか？」

「自分の思いを断ち切りたいんじゃないの？　天狗様に処女を捧げさせることで、淑乃への思いを断ち切りたいのよ。諦めたいの」

竜一には理解できない発想だった。自分だったら、絶対にできない。

妙子が言った。

「うちが特大祭で、処女を捧げるのはこれで三度目なのよ。それで……」

妙子に目配せされて、麻輝子がうなずいた。

「じつは最初の特大祭で、麻輝子さんがその役目を……」

「えっ……？」

まじまじと、麻輝子を見てしまった。

「二十五歳だったから、ちょうど六年前だったわね。わたしがこの劇団に入って間もなくだった。信じられないでしょうけど、わたしはまだバージンだった」

麻輝子が静かに語りはじめた。

「大学を卒業して就職したのよ。でも、上司のセクハラがいやになって会社を辞めて進むべき道をさがしていたわ。そのとき、ここの影絵劇を観て、これだと思った。ちょうど座員を求めていたから……わたしも座長が好きだったのよ。劇を観て、秋芳に一目惚《ひとめぼ》れしたの。祭りでこうしてくれないかって、秋芳に頼まれたときは愕然としたわ。わたしは引き受ける代わりに、交換条件を出した。引き受けるから、その後であなたに愛されたいって。あなたの女にしてくれって……」

そんなことがあったのか……。

だから、この前、秋芳は麻輝子を貫いていたのだ。そして、妙子も事情を知っているから、二人の関係を認めているのだろう。

「わかったでしょ？　淑乃がその後どうするのかわたしにはわからない。彼女はもう影絵はベテランで上手だから、残ってほしいけど。反面、どこかに行ってほしいって気持ちもあるのよ、邪魔だから」

ぞっとした。人の窺い知れないところで、恋の鞘当てが行われているのだ。

しばらくして、妙子が言った。

「秋芳に、あなたと淑乃との関係を断ち切るように指示されているのよ。淑乃に妙な気を起こされては困るから。それだけ、この劇団には特大祭での儀式が大切だっていうこと。不首尾に終われば、わたしたちはここを追い出される。秋芳も心から影絵を愛していて、一生関わっていきたいと願っているの。今、他ではなかなか影絵なんてできないのよ。だから、わかって……」

妙子は、竜一の手を取って、スカートの奥へと導いた。

「妙子さん……？」

「淑乃のことは諦めて、お願い……代わりにわたしたち、何でもしますから。淑乃に妙な気を起こさせないで」

切れ長の目でぴたりと竜一を見据えて、妙子は膝を開いた。

パンティストッキングは穿いていないのか、しっとりと湿った肌をじかに感じる。

そのまま奥へと誘われる。

指先がぬるっとしたものに触れた。

(下着をつけてないじゃないか！)

妙子は竜一の腕をつかんで引き寄せて、濡れた女の口をぐいぐい押しつけてくる。

膝丈のボックススカートがまくれて、丸々とした太腿が際どいところまでのぞいていた。

この人は秋芳を愛しているのだ。だから、自分を犠牲にしてまで、秋芳を助けようとしているのだ。

可哀相になってきた。だが同時に、これほど女に愛される秋芳に、嫉妬のようなものを覚えた。

そのとき、首すじに温かい息を感じた。

麻輝子だった。彼女が後ろから抱きつくようにして、作務衣の襟元に手を入れてきたのだ。

(麻輝子さんも同じだ。秋芳のためなら何だってできるんだ)

秋芳の顔が頭に浮かんだ。銀髪で渋く穏やかな顔をしているが目つきだけは鋭い。秋芳のやっていることは普通ではない。だが、彼には男でも惚れるような色気がある。

なぜだろう？　外見だけではないような気がする。

目的のために手段は選ばないとしても、信念を持ってひとつのことをやり通そうとしている男には、おのずと魅力が出てくるのかもしれない。

(だが、自分は……)

苦いものが込みあげてくる。

麻輝子は襟元からすべり込ませた手で、竜一の胸板をさすり、熱い息とともにうなじに舌を這わせる。

そして、妙子も足をひろげて、竜一の手に濡れ溝を擦りつけてくる。

わずかに残っていた理性がいとも簡単に溶け去っていく。

(俺は所詮、これだけの男だ。さっきまで淑乃が気になっていたのに、今はもう快感に身をゆだねようとしている。秋芳とは比べ物にならないダメな男なんだ)

自虐的になった竜一を、二人は快楽の園に誘おうとする。

作務衣の上着がはだけられ、ズボンがさげられた。

ブリーフ越しにゆるやかに勃起をあやされ、胸板をさすられ、客席の畳に寝かされる。

麻輝子がセーターを脱ぎ、スカートをおろして、生まれたままの姿になった。

華麗な三十一歳の女体に見とれているうちにも、妙子も服を脱いで、全裸になった。

そして、竜一の体に覆いかぶさるように、キスをしてくる。

麻輝子は上半身に、妙子は下半身に丁寧に接吻し、舌を這わせる。

二匹の蛞蝓《なめくじ》が這っているような感触に、体の奥で何かが目を覚まし、それが、皮膚の下で暴れまわる。

ふと気づくと、妙子と麻輝子が竜一の体の上で、唇を合わせていた。

先日、ここで盗み見たときも、縛られた妙子の胸を麻輝子が揉みしだき、唇を奪っていた。

今も、妙子と麻輝子は乳房をあらわにして、お互いの唇を情感たっぷりに吸い、舌をからませている。

こうして見ると、二人の乳房の形の違いがよくわかる。

妙子は母なる乳房という感じで、たわわだがお椀形だ。一方、麻輝子はいかにもメスという感じで、Ｅカップはあろうかという乳房が砲弾形にせりだしている。

麻輝子がタチなのだろうか、大胆に乳房を揉みながら、積極的に顔の角度を変え、舌をつかっている。そして、妙子は麻輝子に身を預けて唇を吸われながらも、竜一の勃起を握ってしごいている。

妙子は麻輝子に耳打ちされて、一瞬はにかんだが、

「いいでしょ。見せてあげましょうよ」

麻輝子に言われて、顎を引くようにうなずいた。

「いいもの見せてあげるからね」

口尻を吊りあげて、麻輝子は立ちあがり、小屋の調光室に入った。すぐに客席の明かりが落ちて、ステージに照明が点いた。

二人は生まれたままの姿で舞台にあがり、衝立の後ろに姿を消した。

やがて、衝立のスクリーンに女の裸のシルエットがくっきりと浮かびあがった。

髪の長さからして、妙子だろう。

まるでショーガールのように、踊りはじめた。

後ろからの光源と衝立の間で動いているのだろう。白いスクリーンのなかでくっきりとした女体のシルエットが腰を振り、髪をかきあげる。

妙子がこんな妖艶な動きをすることに驚いたが、きっと影絵だから大胆になれるのだ。

と、そこに、天狗が現れた。

天狗のお面をかぶった女体の黒い影が、横から入ってきた。

間違いなく、麻輝子が演じているのだ。

女のシルエットを持つ天狗が、オーバーに両手をあげて襲いかかり、妙子がしゃがみこんだ。

すると、天狗はお面を脱いで、それを下腹部に取り付けた。

影が一転して、天狗から、股間にペニスを聳《そび》え立たせた女性に変わった。

そして、妙子が演じるシルエットが天狗の鼻をしゃぶりだした。

麻輝子はその顔を押さえつけるようにして、腰を前後に揺すった。

影絵として見るイラマチオは、乳房もあらわな女性が演じているだけに、いっそう倒錯的な高まりがあった。

客席で視線を釘付けにされながら、竜一は勃起しきった分身を握ってしごいた。

(まるでストリップ劇場だな……)

しこしこと擦っているうちに、しゃがんでいた影が立ちあがり、真横を向いた形で腰を突き出した。

腰から上体をほぼ直角に折り曲げた女体のシルエットは、下を向いた乳房のツンとせりだした突起や、尻の形がエロティックだ。

そこに、天狗の鼻を下腹部につけた女が近づいた。背中にまで垂れる長い髪を持った女が下腹部から伸びた長い棒を、尻の間に押しあてた。

棒状のシルエットが少しずつ尻の間に姿を消して、

「あうぅぅ……」

妙子の喘ぎ声が客席にも聞こえた。

麻輝子が演じる影が激しく腰を振って、天狗の鼻が出たり入ったりし、

「あっ……あっ……くうぅぅぅ」

妙子の喘ぎが撥ねる。

その逼迫した声から推して、実際に挿入しているとしか思えない。

竜一はいきりたつ分身を握って、強くしごきたてた。

影絵で見る挿入行為はたとえそれが男と女でなくとも、ひどく幻想的でそれでいてリアルでもあり、竜一の性本能を揺さぶってくる。

4

「来て」

麻輝子の声がする。

「早く！」

竜一は魅入られるように腰をあげて、ふらふらしながら舞台にあがった。

衝立の後ろにまわると、四つん這いになった妙子を、麻輝子が後ろから天狗の鼻で貫いていた。

腰に装着した天狗のお面の屹立が、妙子の尻の底に深々と押し入っていた。

その悩ましくもアブノーマルな光景に呆然と立ち尽くしていると、麻輝子がこちらに顔を向けて言った。

「しゃぶってもらいなさい」

「え……？」

「わからないの。おチンチンを妙子さんにしゃぶってもらいなさいって言ってるの」

股間のものはギンといきりたっている。

だが、妙子はいやじゃないのだろうか？

そんな竜一の心の内を見透かしたように、麻輝子が言った。

「妙子さんはあなたのそれを咥えたくて仕方ないのよ。そうよね？」

訊かれて、妙子は上気した顔に羞恥の色を浮かべて、

「はい……欲しいわ」

いったん竜一を見あげ、それから、視線を竜一の手で隠された股間に落とした。

(妙子さんが求めているんだ。だったら……)

竜一は近づいていって、手を股間から外した。

太さはさほどないが、長さだけはある肉棹が恥ずかしいほどにいきりたっている。

膝をついて高さを調節すると、妙子が顔を寄せてきた。

両手両膝をつく格好で、屹立を上から押さえ込むようにして唇をかぶせ、ゆったり

と顔を振りはじめた。

まったりとした唇が勃起の表面を等速ですべり、温かい口腔がぴとっと全体を包み込んでくる。

唇が柔らかく、密着感があるせいか、技巧など凝《こ》らさなくとも、それだけで気持ちがいい。

「影絵を見てごらんなさい」

麻輝子に言われて横を見ると、白いスクリーンに三人のシルエットが映っていた。

こちら側では立体的だが、スクリーン上では、すべてが黒い平面的で均質な影絵となる。

そのことがどこか不思議で、シンプルで神秘的だ。

スクリーンを見ながら、自分からも腰をつかうと、黒い棒が四つん這いになった動物のメスのような女の口に姿を消し、また、出てくる。

「うっ、うっ、ぐぐ……」

苦しげに呻きながら、妙子は尻の底を天狗の鼻で犯されている。

上と下の口を屹立で辱められ、妙子はつらそうな声をあげる。だが、それは見ているほうが勝手にそう解釈しているだけで、たぶん、秋芳のためにその苦しみに耐えることが、妙子の場合、恍惚とした至福に繋がるのだ。

そのことがようやくわかってきた。

申し訳ないという気持ちが薄くなり、もっと妙子を悦ばせたい、そして自分も気持ち良くなりたいという欲望が募《つの》ってきた。

麻輝子が妙子に話しかけた。

「妙子さん、ほんとうは本物が欲しいんでしょ？　天狗の鼻じゃ、おチンチンが持つ微妙な柔らかさもしなりも感じないものね。そうよね？」

「……ええ……」

妙子が恥ずかしそうに肯定した。

「それじゃあ、わからないわ。ちゃんと言いなさい」

「……妙子は……本物をいただきたいです」

「だそうよ。門馬さん、嵌《は》めてあげなさい」

先日も、夫と淑乃の見ている前で妙子を犯した。いまさら、ためらっても厭味《いやみ》になるだけだ。

竜一はうなずいて、分身を口から抜き取った。反り返る肉柱には泡立った唾液が付着していて、とろっと滴っていく。

麻輝子が離れるのを見て、竜一は後ろにまわった。

長時間、天狗の鼻を挿入されていたせいか、尻たぶの底では肉の淫ら花がぱっくりと開いたままで、内部の血のような粘膜がぬめ光っている。

竜一が腰をつかむ間にも、妙子はその時間さえ待てないとでいうように、くなり、くなりと腰を揺らめかせる。

一座に入る前に受付で見た、美人だが地味な女という印象とはまったく異なる、女の欲望をあからさまにした所作に、竜一は驚き、そして昂奮した。

「入れますよ」

竜一はいきりたちを裂唇に添えて腰を入れた。

まったりとした肉の筒を硬直が切り裂き、

「はうぅぅぅ……！」

妙子は顔を撥ねあげて、背中をしならせた。

「おおぅ、くっ……」

押し寄せてくる熟れた粘膜の包容力を、竜一は奥歯をくいしばって耐えた。

先ほどからの卑猥すぎる影絵で、分身はすでにぎりぎりまで昂《たかぶ》っていた。

すぐにでも果ててしまいそうで、射精感をやり過ごそうとしていると、妙子が焦れたように動きだした。自ら腰を前後に移動させ、奥まで迎え入れたところで旋回させる。

「ああ、やめて……」

竜一は女のように訴えていた。

「情けないわね。いいわ、わたしが妙子さんを感じさせてあげる」

麻輝子が横について、手を乳房にまわし込み、乳首をこねはじめた。

尖りきった乳首を女ならではの繊細な指づかいでもてあそばれて、妙子はますます腰を揺すり、

「ぁああ、ダメっ、麻輝子さん、そこ弱いの……ぁあああん、恥ずかしい。腰が勝手に動いちゃう」

妙子がくねくねと腰をまわすので、竜一も射精感をこらえ、その動きに合わせるようにして腰を旋回させる。

右にまわすときは左に。左にまわすときは右方向へと。

逆運動で強く膣肉を擦ると、それがいいのか妙子は、

「あうぅぅ……いい。たまらない……」

これまで耳にしたことのない低く獣染《けものじ》みた声をあげて、顔をのけぞらせる。

「ふふっ、いやらしい声を出して……それが、妙子さんの正体ね。じつはあなたが一番貪欲な女なのよ。わかっているんだから」

麻輝子は薄ら笑いとともに恋敵《こいがたき》でもある女の乳房をもてあそび、乳首を指に挟んでくりくりと転がす。

「いい……いいの。恥ずかしい。もう、イキそうよ。麻輝子さん、門馬さん、妙子は恥ずかしい女。二人にされて、すぐに気を遣《や》る女なの」

妙子はさしせまった声をあげて、がくん、がくんと背中を揺らせる。

「あまさしい女だこと。女のプライドも人間としての矜持《きょうじ》もあなたにはないのね。そうら、イッていいわよ。このスケベ女……門馬さん、突いて。思い切り」

麻輝子が乳首をいじりながら、言う。

竜一も二人のかもしだす妖しい雰囲気にからめとられて、強く打ち込んだ。

腰をつかみ寄せ、一気呵成に叩き込むと、潤滑性抜群の体内がぬるぬると肉棹にからみつき、ざわめくように波打つ。

そして、妙子は舞台の床を引っ掻き、柔軟な背中を弓なりに反らせて、

「うっ、あっ……いや、イキそう。イッていいですか？」

「誰に訊いているの？」

「ああ、お二人によ。イッていいですか？」

「あなたは、許可を得ないと気を遣れないの？　不憫《ふびん》な女ね。秋芳に仕込まれたのね。そうでしょ？」

「はい……」

「イッちゃダメ。わかったわね。気を遣ることは禁止よ」

麻輝子はそう言って、だが、竜一には「もっと頑張りなさい」と叱咤してくる。

竜一は遮二無二打ち込んだ。尻を引き寄せ、のけぞるようにして連続して腰を打ち据える。

「あっ……あっ……いや、イッちゃう」

「イッてはダメだと言ったでしょ」

「はい……うぐっ、ぐぐぐ……」

「門馬さん、今よ、つづけて、強く」

竜一が渾身《こんしん》の力を込めてストロークを叩き込むと、膣内がいったんふくれあがり、それから一気に収縮して、おののきながら痙攣する。

「あうぅぅ、くくくっ……」

「もうイキなさいよ。節操なく気を遣りなさい」

麻輝子に乳首をくいっとひねられて、

「はうん……！」

妙子は顔を撥ねあげ、大きくのけ反りかえった。

焦らし抜かれた反動のためか、昇りつめた妙子は、力尽きたようにドッと前に突っ伏していった。

5

竜一の分身はいまだ射精には至らず、愛蜜と先走りの粘液で汚れきっていた。

麻輝子がにじり寄ってきて、竜一を舞台に押し倒した。

それから、向かい合う形で竜一の下半身をまたぎ、猛りたつものを濡れ溝に導いた。

かるく腰を前後に揺すって馴染ませると、一気に沈み込んできた。

「うあっ……！」

分身が熱く滾《たぎ》る肉路に包まれる。

こうしていると、妙子と麻輝子の女性器の違いをはっきりと感じる。

性格と女性器は似るのだろうか、妙子の膣の特徴が包容力と粘着質だとすれば、麻輝子は締めつけが強く、窮屈な感じがする。

麻輝子が上で動き出した。

膝を開いて立てた姿勢で、腰をゆっくりと持ちあげ、頂点までいって、そこから、挿入感を愉しむかのように腰を落としてくる。

腰の上げ下げにもてあそばれている感じだ。

麻輝子は竜一の反応を確かめながら、緩急をつけて腰を打ちおろし、根元まで呑み込んだところで大きくグラインドさせる。

「ああ、いい……子宮を突いてくる。たまらない」

濡れた唇を艶《なまめ》かしく舐めて、大きく腰をつかう。

長い肉茎がタワシのような女の下の口に呑み込まれ、そして、吐き出される。

屈伸運動をするようにジュブッ、ジュブッと上げ下げしていた麻輝子は、そのまま両手を後ろにつき、のけぞるようにして下腹部をぐいぐいとせりだしてくる。

そのいやらしいが美しい姿に見とれた。

麻輝子の背後にあるスクリーンで、その姿が黒いシルエットを作っていた。

二人が光源に近いために、実際の麻輝子の数倍も大きくなり、その巨大な女の影が動きも増幅されて、ものすごい迫力だ。

竜一は巨大な女に犯されているような気がした。

麻輝子は挿入したまま、肉棹を軸にしてゆっくりと回転していき、後ろ向きの騎乗位の格好になった。

尻をこちらに突き出すようにして、快感を貪ろうとするその姿が、巨大な影となってスクリーン上で激しく動いている。

光を浴びた実際の背中の眩いばかりの肉感と、スクリーン上のモノトーンの影――その対比が目に焼きついた。

「ねえ、動いて。後ろから、獣のように犯して」

言われたとおりに、竜一は繋がったまま膝を立て、麻輝子を這わせた。

見事なまでにくびれたウエストをつかみ寄せて、思い切り突くと、

「あっ、あっ……ぁあぁぁぁ、いい……突き刺さってくる。内臓が揺れてる」

麻輝子はさしせまった声をあげて、長い黒髪を獅子舞のように上げ下げする。

そして、窮屈な膣内の入口と途中が巾着《きんちゃく》のように締まってくる。そこにイチモツを叩き込むと、ジンとした甘い快感がうねりあがってきた。

そのとき、何かが視野に入ってきた。

妙子だった。妙子は麻輝子のすぐ横に尻を向けて這い、

「よ、よろしかったら、妙子にもおすそ分けを」

と、妙な言い回しで求めてくる。

美人二人と同時にセックスすることは、男の夢でもある。

しかし、麻輝子はどうなのだろう？　邪魔をされたと感じているのではないか？

だが、それは杞憂《きゆう》に終わった。

「ほんとうにあさましい女ね。よくそれで、秋芳の妻でございますって顔をしているわね。でも、いいわ。秋芳は、わたしが何でも貪欲に吸収することを評価しているんだから……このくらい、何でもないわよ。門馬さん、いいわよ。早く」

麻輝子が、この喧嘩は買ったとばかりに、腰を揺すった。

竜一はつづけざまに麻輝子を突いて、悲鳴に近い喘ぎを絞りとった。

それから、引き抜いたものを、すぐ隣の妙子の体内に埋め込んでいく。

「あんっ、あんっ、あんっ……響いてる。あなたのが頭の先まで響いてくる」

妙子が柔軟な肢体を反らせる。すると、すぐに今度は麻輝子が、

「ちょうだい。早く」

と、せかしてくる。

竜一はあわてて分身を引き抜き、麻輝子の濡れ溝に屹立を押しあてる。

陰唇がめくれあがった女陰は、透明な蜜をしとどに滴らせて、薔薇《ばら》の花弁のような複雑なとば口をのぞかせ、誘うようにうごめいている。

ずぶりっと突き刺すと、

「はうぅぅ……」

麻輝子はオーバーなほどに悦びの声をあげ、竜一が腰を躍らせるうちに、

「いい。いいわ……おかしくなる」

背中まである黒髪を振り乱す。

しかし、ふたたび妙子がねだってくる。

「いや、いや、いや……放っておかれるのはいや。誰があなたを見そめて、劇団に入れたの？　わたしが恩人でしょ」

そう言われると、竜一としても逆らえない。

麻輝子の体内から引き抜いた硬直を、また、妙子に打ち込んだ。

奥歯を食いしばってぐいぐいえぐりたてると、

「あなた、わたしと最初にしたでしょ？　忘れたとは言わせないわよ。わたしがあなたのおチンチンを確かめて、秋芳に進言したのよ」

麻輝子が言う。

確かにそうだ、と思い直して、竜一はまた麻輝子の膣に突き入れる。

その繰り返しだった。

鶯《うぐいす》が谷の間を次から次と飛び移るように、竜一は妙子と麻輝子の女の谷間を忙しく行き来する。

ふとスクリーンを見ると、三人の姿が映っていた。

獣のように這う二人の女と、その間を往復しながら、必死に腰を打ち据えている自分……。

いささか滑稽ではあるが、しかし、これは男の夢でもある。

自分は、人が羨《うらや》むことをしている——。

淑乃のことは頭の片隅に残っているが、今はこの未曾有《みぞう》の快感に全力を注ぎたい。

だが、どんな愉しいことでも終わりはいつかやってくる。

竜一はついに我慢できなくなった。

妙子の体内に打ち込んでいるとき、限界を迎えて、吼《ほ》えながら激しく叩きつけた。

「あああ、いい……イキます。ちょうだい。わたしのなかにちょうだい」

妙子が言って、膣肉をきゅっ、きゅっと締めつけてくる。

「イク、ちょうだい」

「おおぅ、俺も……」

次の瞬間、

「ダメよ。出しちゃダメ。最後はわたしよ」

麻輝子の声が飛んできた。

どうしたらいいんだ？　迷いながらも、打ち込んでいると、

「イク、イク、イッちゃう……イッていいですか？」

妙子が訊いてくる。

「いいですよ。そうら」

連続して叩き込んだとき、妙子が「うっ」と呻いて、へなへなっと前に突っ伏していった。気を遣ったのだ。

幸いにして、竜一はまだ射精していない。嘘のようだ。きっと、この異常な状況が持続を長引かせているのだ。

もう何度目だろう、竜一はまた麻輝子の体内に突き入れた。

射精していいのだ、という思いがどれだけ楽であるか。

最後の力を振り絞って叩きつけると、

「ああ、くる……きちゃう……出して。わたしのなかに出して……麻輝子を思い切り

穢《けが》して」

長い髪を振り乱して、麻輝子が逼迫した声を放った。

「よし、穢してやる」

竜一が全力で打ち込んだとき、

「ああぁぁ……そのまま……イクぅ……はうっ！」

麻輝子がのけ反りかえった。

体内が絶頂の痙攣をするのを感じて、駄目押しとばかりに奥まで届かせたとき、熱い塊が噴きあげてきた。

すさまじい放出に、精液ばかりか体内のすべてが流れだしていくようだ。

一滴残らず打ち尽くし、竜一はステージに大の字になった。

眩いばかりの照明に目を射られながら、竜一は自分が一線を越えてしまったことを感じていた。

第五章　背徳の天狗祭り

1

天狗神社特大祭当日は『てんぐ座』も休演で、一座は特大祭の準備に追われていた。

祭りはすでにはじまっていて、神社の境内《けいだい》や周辺では出店が並んで賑わっていた。

一座が参加する本格的な祭祀は午後七時に開始される。

淑乃を除いた一座の四人は、小屋で奉納の儀式の段取りの打ち合わせと、稽古をしていた。

途中で、必要な小道具が宿舎に置いてあることがわかり、竜一はそれを取りに戻った。

天狗の羽団扇《はうちわ》をショルダーバッグに入れて、廊下を玄関に向かって歩いていたとき、淑乃が部屋から出てきた。

Tシャツにデニムのパンツというカジュアルな格好で、竜一と目が合うと、目を伏せる。

顔色が悪いし、どこか目も虚ろだった。

すでに覚悟していることとはいえ、やはり、今夜の祭祀で人身御供になることで不安に苛《さいな》まれているのだ。

当たり前だ。今夜、淑乃は天狗様に処女を奪われるのだから。

声をかけたほうがいいとは思うものの、しかし、何を言ったらいいのだろう。

結局、自分は何もできなかった。

この日が来るのを、ただ指を銜《くわ》えて眺めていただけだ。

それだけじゃない。秋芳の指図とわかっていて、妙子と麻輝子の甘い蜜を吸ってしまった。

視線を逸らしてすれ違ったとき、淑乃が言った。

「怖いの」

短い言葉に今の淑乃の心境が込められている気がして、足が止まった。

ゆっくりと振り返る。

淑乃もこちらを向いた。こぼれ落ちそうな目に光るものがあふれているのを見て、知らずしらずのうちに体が動いていた。

近づいていって、両手で淑乃を抱き寄せた。自分の顎までしかない小さな身体が腕のなかでしなった。

「ゴメン」と謝りたかった。だが、それをしたら淑乃はかえっていやだろう、傷つくだろう。

最初はだらんとしていた淑乃の腕があがり、竜一の背中にまわされた。

少しずつ力がこもり、ぎゅっとしがみついてくる。

何を言っても、慰めさえにもならない。「大丈夫だよ」などとは口が裂けても言えない。

竜一は無言で、淑乃の背中を撫でさすった。かなり下のほうにある面積の少ない背中が細かく震えている。

(こんないたいけな子が……ひどすぎる。あり得ない)

時代錯誤の悪習はやめるべきだ。

この風習の不条理さに怒りが込みあげてきた。だが、それをしなければ一座は存続できないのだ。

（だけど……）

ふいに、淑乃を連れ出せたら、と思った。

だが、そんなことをしたら、秋芳が築きあげてきた『てんぐ座』を終わらせてしまいかねない。そんな権利は自分にはない。

だから……。湧きあがる感情を抑えて、淑乃の髪と背中を撫でた。

自分にはこのくらいしかできないのだ。

どのくらいの時間そうしていたのだろう、玄関の戸がガラガラと開く音がした。

ハッとして体を離すと、淑乃が部屋に姿を消した。

すぐに、麻輝子が廊下を駆けるようにして近づいてきた。

「門馬さん、何をしてるの。早く、小屋に戻って。羽団扇はあったんでしょ？」

うなずいて、竜一はショルダーバッグを指した。

「足りない衣装を取りにきたの。早く、行って。わたしもすぐに行くから」

竜一は後ろ髪を引かれる思いで、宿舎を出た。

午後七時、一座は天狗神社の控室から、外に出た。

鬱蒼《うっそう》と繁った鎮守《ちんじゅ》の森《もり》が祭りの明かりに照らされ、大きな鳥居には注連縄《しめなわ》が巻かれ、参道には出店が出ていた。

神社の境内には、焚き火がくべられ、その周囲を観衆がぐるっと囲んでいる。

秋芳は山伏の姿で、鼻の高い大天狗のお面に白髪を垂らし、手には羽団扇と金剛杖《こんごうづえ》を持っている。

そして、竜一は口許が尖った鳥に似たお面をかぶり、背中に羽を生やした烏《からす》天狗の格好をしている。

弟子の烏天狗が師匠の大天狗を助けるという役割分担である。

妙子と麻輝子は巫女装束《みこしょうぞく》をつけていた。白い上がけである千早《ちはや》をまとい、下には燃え立つように赤い袴《はかま》を穿いている。

まずは、天狗の舞いを観衆に見せるのだ。

主役は大天狗であり、烏天狗も巫女もかしこまって脇に控えている。

高下駄の乾いた音とともに、金剛杖をついた大天狗こと秋芳が登場すると、「おぅ」とどよめきが起こった。

秋芳は金剛杖で観衆を威嚇《いかく》するように指して、地面を杖でトンと叩くと、竜一めがけて羽団扇を放り投げた。

竜一は、自分に向かってひらひら舞いながら飛んできた羽団扇を何とかして受け止めた。

片手が自由になった秋芳は、二メートルほどもある金剛杖を自在に振り回し、相撲の弓取式のように肩に担いだりする。

高下駄を履いているから、かなり不安定のはずだが、秋芳は腰を落とした姿勢で杖を操りながら、華麗に舞う。

この森を治める大天狗の力を誇示し、悪霊を退散させる舞いなのだという。

秋芳が演じる大天狗の姿は、邪悪だが優美で、なおかつ力強く、竜一はあらためて秋芳という男のすごさを感じた。

巫女を演じる妙子と麻輝子は、手にした鈴を鳴らして、秋芳の舞いを助ける。

どこからか、横笛の澄んだ音《ね》も聞こえてくる。

秋芳が金剛杖を投げて寄こした。

竜一は空中を飛んでくる杖を、必死にキャッチする。ここで落としたりしたら、失笑ものだ。

秋芳は用意してあった二本の松明《たいまつ》を手にすると、中央で赤い炎をあげている焚き火に先端を入れた。やがて、松明に火が燃え移り、手に持った二本の松明を、秋芳が大きく振った。

すると、火の粉が周囲に飛び散って、悲鳴とも歓声ともつかない声が観衆からあがった。

この火の粉を浴びた者は、厄《やく》が払われるのだという。

だが、実際に多く浴びたら、火傷するだろう。

秋芳は周りを囲んだ観衆に、近づきすぎず、離れすぎずのはかったような距離で松明を振りまわし、荒々しい天狗の舞いを披露する。

三十センチはあろうかという高い鼻を持つお面は、眉も顎鬚も白く、威厳もあり怖くもある。そのお面が松明の明かりに照らされて、陰影深く闇のなかに浮かびあがるのは、かなり異様だった。

松明が燃え尽くすと、秋芳は新しい松明を焚き火に入れてまた火を点け、摺《す》り足で観衆に近づき、歓声があがると、遠のく。

用意した松明がなくなり、秋芳は竜一から金剛杖と羽団扇を受け取り、二つの小道具を利用して巧みに踊った。

一転して、静かな舞いだった。

森の精霊たちに奉納する舞いなのだという。

舞い終えた秋芳が一礼すると、観衆から割れんばかりの拍手が起こった。

2

神楽殿で三種類の舞いが奉納され、出店もしまわれ、観客も帰って、これで表向きの特大祭は終わった。

だが、三年に一度執り行われる秘密の祭祀の本番はこれからだった。

淑乃は神社には来ているらしいのだが、別室に控えていて、竜一たちは会うことができなかった。

神社の禰宜《ねぎ》がやってきて、慇懃《いんぎん》に「出番です」と頭をさげた。大天狗、烏天狗、巫女に扮した四人は、控室を出て、禰宜の後を拝殿へと向かう。

拝殿の扉は固く閉ざされていて、おそらく外部には明かりひとつ漏れていないだろう。そして、祭壇の前に設けられた舞台は、幾つもの提灯《ちょうちん》で幻想的に浮かびあがっていた。

艶光る柱が四方に立つ拝殿の脇には、紋付き袴の宮司、氏子総代《うじこそうだい》をはじめとして、スーツを着た地元の村長、旅館組合長が、それぞれ前に提灯を置いて、どっかりと胡座をかいている。

すでに酒が入って赤くなった顔には、これから起こる儀式を愉しもうとする気配がありありと感じられて、その卑猥な目つきが、一座がこれからすることの背徳性を伝えてくる。

どこからか、静かな雅楽の調べが流れて、巫女の舞いがはじまった。

二人は髪を後ろでまとめ、顔に白塗りをして、唇だけにサクランボのように小さく紅《べに》を差している。白い千早をまとい、緋袴に白足袋《たび》を履いた妙子と麻輝子が、選ばれた客の前で静かに舞う。

秋芳の演出では、この巫女の舞いは神に仕える者として、厳粛に行わなければいけないとのことだった。そのほうが、後半が引き立つのだという。

お面の目の位置に空いた細い開口部から見ても、いかにも神に仕える者という雰囲気がにじむ清楚で厳《おごそ》かな舞いだった。

しかも、妙子も麻輝子もこのへんでは見かけることのない美人であり、品がある。

白の装束と血のように赤い袴が鮮やかな二人が、十分ほどの舞いを終えたところで、大天狗と烏天狗が登場する。

バタバタと足音も高く入っていくと、二人の巫女は闖入《ちんにゅう》してきた天狗に驚いて、逃げようとする。

逃げまどう巫女を、天狗二人が脅しながら周囲から追い詰めていき、最後に大天狗が羽団扇を一振りすると、巫女二人はばったりと倒れる。

そして、気絶したうちのひとり、妙子を二人はまずは襲う。

朦朧《もうろう》とした巫女を座らせ、大天狗である秋芳が背後から胸を揉みしだく。神聖な千早の上から、過剰なほど荒々しく揉む。

その間に、竜一は妙子の足を開き、緋袴からこぼれでた足を舐める。

じつは、烏天狗のお面は目だけでなく、口も開いていて、そこから舌が突き出る仕組みになっている。大天狗のように鼻が高くないから、邪魔にならない。

どうして、天狗が女を舐めなくちゃいけないのか、という疑問は残るが、そういう演出だから仕方がない。

マチのついた真っ赤な袴がはだけて、白絹のようになめらかで光沢のある太腿までもが見え隠れしていた。

竜一は白足袋の張りつく爪先からふくら脛、膝、太腿へと舌を走らせる。

妙子も麻輝子も一切の下着はつけていない。ひろがった内腿の奥に陰毛の翳りがはっきりと見える。

秋芳が千早の襟元から右手をすべり込ませて、じかに乳房をつかんだ。

「うっ……」

妙子が演じる巫女が、びっくりしたように足を閉じようとする。

その足を開かせて、竜一は太腿の奥に顔を突っ込む。長時間穿かれていた緋袴のなかには甘い女の匂いがこもっていた。

驚いたのは、妙子のそこがすでに大量の蜜を吐き出して、ぬめ光っていたことだ。座っているので、実際には上手く舐められない。だが、これは儀式なのだ。大きく顔を振って、舐める真似をする。

そして、秋芳は妙子に千早の袖から腕を抜かせ、ぐいと押しさげた。もろ肌脱ぎにすると、村の有力者連中が気色《けしき》ばむのがわかった。

妙子の乳房はたわわで四十路《よそじ》を迎えた女の熟れ具合を示し、わずかにピンクがかった乳肌は、青い血管が透け出るほど薄く張りつめている。

提灯の揺れる炎を映じた、巫女装束からこぼれでた仄白い乳房は、見る者を異常だが美しい官能の世界へと引きずり込む。

「あああ、あうぅぅぅ……」

妙子の声が神聖な拝殿に低く響いた。

秋芳に乳首をいじられて、声をあげているのだ。演技ではなくほんとうに感じていることは、足のよじり方や下腹部の揺れでわかる。

身を乗り出していたものの一応着席していた氏子総代が、ふいに立ちあがった。

竜一の肩をぽんぽん叩く。

どうやら、この特等席を空けろということらしい。

ちらっと前を窺うと、秋芳が仕方がないという様子でうなずいた。

竜一は体を起こして、その場を退いた。すると、紋付き袴をつけた小太りの総代が特等席に座り、持っていた提灯で妙子の緋袴のなかを照らした。

「あっ」と閉じられようとする足を総代がつかんで、ぐいと押し開く。

「ほお、丸見えですな。おお、これは……それとわかるほど濡れている。見られて昂奮していらっしゃるようだ」

総代が赤ら顔をいっそう紅潮させて、いやらしく口尻を吊りあげた。

それを聞いていた男たちが興味をかきたてられたのか、いそいそと近づいてきた。

村長、組合長が総代の横から、緋袴のなかを覗き込む。

宮司だけが席を立たないのは、やはり、この神社のトップとしての見栄があるからだろうか。

「ほんとうですな。ビラビラが開いて、中身まで見えている」

「美味《おい》しそうな赤貝だ。天狗に供するのはもったいない」

村長も組合長も、三年前は同職に就いていなかったから、これが初めての儀式への参加であり、それゆえに舞いあがっているようだ。

三人は手にした提灯で、まくれあがった緋袴のなかを照らしながら、順繰りに太腿を撫でている。

あられもなく開かれた太腿やふくら脛に、男たちの手が縦横無尽に這いまわる。

今、秋芳は妻が卑《いや》しい男どもになぶられているのを見て、どう感じているのだろうか？

天狗のお面に遮《さえぎ》られて、表情ははっきりとは窺えない。

だが、もっと感じろとばかりに、背後から乳房を揉みしだき、先端の突起を転がしているから、きっと本人も昂揚《こうよう》しているのだ。

乳首の頂上を指腹で押しつぶすようにくりくりと転がされて、それが感じるのか、妙子は、

「ぁああ……やめてください……お願い。やっ……はぁあああんん」

最後は艶かしく喘いだ。

寄ってたかって責められることに、マゾ的な悦びを感じているとしか思えない。

「巫女さん、あんたは清楚な顔をしているが、ほんとうは淫乱だろう。そうら、こんなに濡らしている」

総代が媚肉のぬめりを指ですくい、それを妙子の目の前に突きつけた。

いやっ、と顔を逸らす妙子の口許に、総代は無理やり指をねじ込んで、唇の間を行き来させる。

「わかるだろう、ぬるぬるが。匂うか？　オメコ汁が？」

妙子はいやいやをするように首を左右に振ったが、秋芳に背後から両方の乳首を指で転がされて、

「はうぅぅぅ……」

と、顎を突きあげる。

秋芳に指図されて、総代が妙子の乳首に吸いついた。

赤く尖った突起をいやらしい音とともに吸い、吐き出して、唾液まみれの乳首を舌で撥ねあげる。

「あっ……あっ……」

妙子がこらえきれない声をあげて、身体をびくびくと震わせる。そして、村長と旅館組合長もそれに乗じて、太腿やその奥の恥肉を触りまくっている。

そのとき、秋芳が竜一を手招いた。近づいていくと、

「代われ」

秋芳は竜一にその位置をゆずり、竜一に妙子の両手を後ろに引いて、男たちの責めをふせぐことのできない形を取るように指示した。

それから秋芳は、気絶したふりをしていた麻輝子を床に座らせ、両手を後ろにまわし、用意してあった赤い綿ロープで手首をくくる。

少しの逡巡も見られない見事な捌《さば》きで、後ろ手に縛り、余ったロープを前にまわして、胸の上下を二段に縛っていく。

白い巫女装束越しに乳房の上側にロープをかけ、背後にまわし、そこからまた前に持っていき、今度はふくらみの下側を通して後ろに引いてきて、ぎゅっと縛った。

最初は抗《あらが》っていた麻輝子も、縛られていくうちに身体から力が抜けて、最後はがっくりと頭を垂れた。

背中まである長い髪を結んであった紐が解け、散った髪が顔の両側に垂れ落ち、胸や肩、背中に散っている。

秋芳は前にしゃがんで、白装束の襟元をつかんだ。

ぐいと左右に押し開くと、たわわな乳房がぶるんと転げ出た。

上下を赤いロープでくくられて、いっそうくびりだされた砲弾形の乳房がいやでも目を惹く。

秋芳は右手で乳房を絞り出し、天狗の鼻先で乳房を円を描くように擦った。このお面は鼻先が亀頭のようにふくらんで、中央に縦筋が入っている。

赤いペニスに似た先が、柔らかそうな乳肌をへこませながら周回し、徐々に中心へと近づいていく。

明らかに勃起していくとわかる乳首にたどりつき、突起を先がくねくねとこねる。

そして、麻輝子は、

「ぁあああ、いい……もっと、もっとちょうだい」

と、後ろ手にくくられたまま胸を擦りつける。

秋芳は上体を起こして、二人の顔の位置を同じ高さにし、赤い天狗鼻を口許に押しつけた。

麻輝子が舌をいっぱいに出して、天狗鼻の裏のほうをなぞりあげる。

天狗の高い赤鼻は、塗料のせいなのか、提灯の明かりを浴びて、ぬめっとした光沢を放っている。そこに唾液が付着していっそう妖しくぬめ光る。

そして、天狗鼻の先を、麻輝子は頬張った。

ペニスと化した長大な鼻に、情熱的に唇をすべらせる。

異様なフェラチオを目の当たりにして、男たちの目の色が変わった。総代が袴をおろして、猛りたつものを取り出した。

怒張した寸胴形《ずんどうがた》の肉棹を、妙子の口許に押しつけて、

「ほら、しゃぶれ」

ぐいと腰を前に突き出した。

妙子は一瞬、いやっというように首を振ったが、総代に顔をつかまれて強引にイチモツを押し込まれ、ぐふっと噎《む》せながらもそれを受け入れた。

竜一は、高い地位に就く者であるがゆえの傲慢《ごうまん》さを憎みながらも、今は従うしかなく、背後から妙子の乳房を揉みしだいた。

柔らかく指先にまとわりつくような乳肉が手のなかで汗ばんできて、体温もあがっている。

しこりきった乳首を指腹に挟んでこねまわすと、妙子はくぐもった声を洩らしながらも、総代のマラを懸命に頬張る。

妙子は右手で根元を握ってしごき、余った部分に唇をすべらせる。

と、次に組合長が我慢できなくなったのか、麻輝子のほうに移動していき、大天狗

の耳元で何か言った。

秋芳が天狗鼻を引き抜き、組合長がズボンをおろした。身長と同じようにイチモツは長い。反り返った肉刀を麻輝子の口腔に突き入れていく。

後ろ手にくくられた巫女姿で、麻輝子は頰をへこませて吸い立て、ちゅぱっと吐き出して、亀頭冠に舌を走らせる。

こちら側では、総代がさかんに腰を振っている。

「おおぅ、おおぅ！」

と、吼えていたが、やがて、「うっ」と呻いて、腰を痙攣させた。

妙子は迸《ほとばし》るものを受け止めて、こくっ、こくっと喉を静かに鳴らす。

総代が小さくなった肉茎を口から抜き、代わりに村長が猛りたつものを、妙子の口腔にねじ込んだ。

土建屋上がりだという村長はがっちりした体軀で、男根も太い。妙子を押さえつけて、逞《たくま》しい腰を激しく躍らせて、血管が根っこのように浮かんだ太マラで巫女の口腔を凌辱する。

やがて、動きが切羽詰まってきて、村長は吼えながら射精した。

そのすぐ後で、組合長が麻輝子の口腔に精液を放つ唸り声が聞こえてきた。

3

妙子と麻輝子は巫女装束をつけたまま、拝殿の床に這わされている。はだけた千早からは仄白い横乳が見え隠れし、真っ赤な袴が下半身を覆っていた。

そして、村の有力者たちは拝殿の脇に胡座をかき、その様子を眺めている。

第二幕がいよいよ切って落とされた。

秋芳の演じる大天狗が、妙子と麻輝子の間を行き来し、緋袴に包まれた尻を羽団扇で打つ。

大きな羽団扇がビシッ、ビシッと音を立てて緋色の尻に当たり、

「ひぃっ、くっ……」

と、二人は悲鳴をあげる。

それから、秋芳は赤い袴をつづけて、まくりあげた。

現れた二つの尻は神聖な拝殿の間ではいかにも場違いだが、しかし、提灯の揺れる明かりに照らされて、どこか幻想的でもある。

秋芳が羽団扇を振りかざし、妙子の尻を打った。ビシッと乾いた音がして、

「くっ……！」

妙子がさっきより激しく呻いた。打擲《ちょうちゃく》されたところがたちまち赤く染まっていく。

二度、三度と振りおろして、妙子の悲鳴を絞り取った秋芳は、次に麻輝子の背後にまわった。

掛け声とともに羽団扇が一閃し、麻輝子は唸るような悲鳴を噴きこぼして、ガクガクと痙攣する。

緋袴からあらわになった女の生尻がふたつ赤く染まると、秋芳は羽団扇を竜一めがけて投げてきた。

竜一はそれを受け取り、代わりに金剛杖を投げた。

宙を飛んできた杖を受け取って、秋芳は弓取式のように頭上で回転させ、トンと床を叩く。

それから、金剛杖で巫女たちを打つ真似をする。

妙子も麻輝子も自分が実際に打たれているように、ビクッ、ビクッと反応して、背中をしならせる。

天狗のお面をつけた山伏が四つん這いになった女を金剛杖で打つ光景は、男の欲望をかきたてずにはおかないのだ。

秋芳が金剛杖を尻の後ろに突き立てると、妙子は自分から杖に尻を擦りつけて、くなくなと揺する。

そして、秋芳は金剛杖を前後に動かして、尻の間に潜む女の媚肉を擦りつける。

淫蜜で濡れた杖を、今度は麻輝子の尻の間に押し当てて、ぐりぐりとこねた。

「ああぁ、ぁあぁぁ……」

と、麻輝子もまるで夢遊病者のように尻を擦りつける。

一連の儀式が終わると、秋芳は竜一に目配せした。

竜一は立ちあがり、麻輝子の前に膝をついた。

麻輝子がペニスを取り出しすかさず頬張ってきた。両手両膝をついた格好で、肉茎を口に含み、大きく顔を振ってしごいてくる。

「くく……」

生温かい口に包まれ、ぷにっとした唇に覆われて、分身に力が漲《みなぎ》ってくる。

人前でセックスをする経験を積んできたせいか、観衆のぎらつく視線を感じても分身はきちんと勃起する。

むしろ、見せつけてやりたいという気持ちになるのが不思議だ。

竜一は自分からも腰を振って、反り返った肉の棒を麻輝子の口に叩き込む。

麻輝子は苦しげに眉をひそめながらも、どこか恍惚とした顔で肉の棍棒《こんぼう》に口腔を犯されている。

横を見ると、妙子も同じように秋芳の長大な肉柱を口で受け止め、苦悶のなかにも陶酔の表情を浮かべている。

今、四人は彼らにはどう映っているのだろうか？　天狗のお面をつけた男のイチモツを、巫女装束の女がしゃぶっているのだ。

提灯の明かりで満たされた場内はシーンと静まり返り、咳ひとつ聞こえない。

麻輝子はまるで見られていることが快楽とでもいうように、ズリュッ、ズリュッと大きく唇をすべらせる。

竜一の下腹部から立ち昇る甘い愉悦が、急速にふくらんでくるのを感じた。

そのとき、秋芳が頃合いを見計らったように、動いた。

肉茎を口から抜き取り、雄々しいそれを見せつけでもするようにいきりたたせて、妙子の後ろにまわった。

淫水焼けしたイチモツを尻たぶの底に押しあて、挿入するシーンが観衆によく見えるようにゆっくりと、沈めていく。

長さだけなら馬のペニスほどはあろうかという魁偉《かいい》が少しずつ姿を消し、

「ああぁぁぁ……！」

悲鳴に近い声が、妙子の口から迸った。

それが数センチを残して奥まで嵌まり込むと、息を凝らしていた男たちの口から、「おおぅ」と感嘆の声が洩れた。

秋芳は、妙子の腰に片手を添えて、背筋を伸ばし、静かに腰をつかう。その端整な所作には、一座の、また天狗の領袖《りょうしゅう》としての威厳が感じられた。

そして、妙子は魁偉が体内に抜き差しされるたびに、「あああぁ、はうぅぅ」と声をあげる。

ハの字に開かれた足を包んでいる白足袋、まくれあがった緋袴の燃えるような赤、朱に染まった尻……。

おぞましいが、心の底に潜む欲望をかきたてずにはおかない光景だった。

見とれていると、秋芳がこちらを向いてうなずいた。

お前も挿入しろということだ。

竜一は腰を引いて肉棹を吐き出させ、麻輝子の尻のほうにまわった。

緋袴がまくれあがって、アドバルーンのような生尻が大きく突き出されている。

蘇芳色の縁取りのある肉びらがひろがって、赤い内部の粘膜があらわになり、にじみだした大量の愛液が内腿までも濡らしていた。

そそりたっている分身を、尻の底に押しあてる。男たちが息を止めて、ぎらつく視線を注いでいるのがわかる。

竜一のなかでは、とっくに羞恥心などなくなっていた。

(そうら、見せてやる)

切っ先がぬらつくとば口を押し広げると、内部に手繰《たぐ》りよせられるように嵌まり込んでいく。

「ぁあああうぅぅ!」

甲高い声を放って、麻輝子が顔を大きくのけぞらせた。

熱いと感じるほどの粘膜がひくひくとうごめいて、分身を包み込んでくる。

内部の蠕動《ぜんどう》に誘われるように、腰をつかっていた。

尻をつかみ寄せて、ぐいぐいと叩き込むと、

「ああ、ぶつかってる。揺さぶってくる……ぁあぁ、いい……あんっ、あんっ、あんっ……」

麻輝子があからさまな声をあげる。

いつもより、激しい。きっと、麻輝子も他人に見られて昂っているのだ。

麻輝子は、六年前に天狗に処女を捧げるという役目を担った。いったいどんな気持ちだったのだろう？　そして、今は……？

麻輝子の個人史の重さが、竜一にのしかかってくる。

「ぁあぁん、いい……いい……天狗さん、いい。おかしくなりそう」

そう声を張りあげたのは、妙子だった。

妙子は上体を低くして、尻だけを高く持ちあげる格好で、後ろから貫かれていた。

そして、秋芳は尻たぶを鷲づかみ、男たちに見せつけでもするようにゆったりと腰を振る。

「あたってる。烏天狗さんのあそこが、こじ開けてくる」

麻輝子が負けじと声をあげる。

「あっ、あっ、あっ……いい。響いてくる。お臍《へそ》まで届いてる」

妙子もさしせまった声を放つ。

「あんっ、あんっ、あんっ……」

「いい。いい……おかしくなる」

二人の喘ぎ声が競い合うように交錯した。

そして、村の有力者連中は身を乗り出して、二組の異様なまぐわいに、昂奮で血走った眼を向けている。

竜一は場の熱気に煽《あお》られたように、全身をつかって肉の棍棒を叩き込んだ。

烏天狗のお面にこもった息の荒さや、湿った熱さを感じる。

気配を感じて見ると、秋芳が妙子を仰向けに寝かせて、正面から貫いていた。

すらりとした足をV字に持ちあげ、自分は上体を起こして、腰を叩きつけている。

自分もと、竜一はいったん硬直を外し、麻輝子を仰向かせる。

膝をすくいあげると、緋袴からむっちりと充実した太腿がまろびでてくる。屹立をぬかるみに押しあてて、一気に貫いた。

「はうぅぅ……」

麻輝子が両手を頭上にあげて、顎をせりあげた。

千早ははだけて、たわわな双乳がこぼれでていた。

膝を開かせて押さえつけ、ぐいぐいと打ち込むと、

「あっ、あっ、あっ……」

乳房がぶるん、ぶるんと波打った。

人の気配を感じて見ると、総代と組合長がすぐそばにやってきていた。

二人は麻輝子の左右にしゃがんで、自分に近い側の乳房に手を伸ばした。感触を確

かめるようにふくらみを揉んだり、さすったりする。

「大きいですな」

「確かに……まったりと指にまとわりついてくる。どこまでも柔らかい」

ほくそ笑んで、二人はたわわなふくらみを絞りあげ、そして、頂上の突起をつまんで左右にねじる。

「ぁああ……あんん」

麻輝子はぐぐっと顎をせりあげ、下腹部を持ちあげてせがむような動きをする。

「ほほう、このお嬢さん、いやらしくあそこを擦りつけて」

「たまらんな。乳首がデカく、カチカチになってきた。こうすると……」

組合長が乳首のトップを指でくにくにといじる。

「ぁああん、それ……ああ、勝手に動く……」

麻輝子が腰を大きく撥ねさせるので、分身が膣に揉み抜かれる。

「こんな別嬪《べっぴん》さんのくせして、男どもに寄ってたかってされるのが、感じるんでしょうな。女の多くは、そういう願望を持っているとか……淫らな生き物ですな、女は」

総代が言って、乳房にしゃぶりついた。

血管が透け出るほどに張りつめた乳房をつまんで、せりだした乳首を舌でれろれろと弾く。

見る間に乳首が唾液で濡れ光り、それを吸われ、舌で転がされて、

「あっ、あっ……いい。いい……突いて。お願い」

麻輝子は腰を上げ下げして、強いストロークをせがんでくる。

竜一は膝を開かせて押さえつけた姿勢で肉棹を押し込んでいく。

長い肉柱が陰毛の翳りを出たり入ったりして、

「ああ、それ……いい。気持ちいい……」

眉根を寄せて、悦びをあらわにする。

竜一は徐々に強いストロークに切り替えていく。そして、二人は麻輝子の美貌が快楽にゆがむさまをにやにやしながら眺め、痛ましいほどに尖ってきた乳首を指と舌であやす。

「いい、いい……メチャクチャにして。壊して」

麻輝子が言って、両手を頭上にあげる。

腋《わき》の下をさらして、どうにでもしてという仕種に胸打たれる。

男たちは腋窩《えきか》にも顔を埋め、つるつるの腋の下を唾液まみれにして、また、荒々しく乳房を揉みしだく。

一方、妙子も秋芳に嵌められ、村長に上体を愛撫されて、

「ああ、もっと、もっとして。落として。わたしを落として」

と、あからさまな声をあげ、すすり泣くようによがっている。

神聖な拝殿に淫蕩な空気が満ち満ちていた。

ピチャピチャという唾音、二人の女のコントロールを失ったよがり声、男たちの押し殺した笑い声……。

竜一はつづけざまに打ち込んだ。

「あっ、あっ……くる。くるわ……あああぁぁあうぅぅ」

麻輝子がさしせまった声をあげて、胸をぐぐっとせりあげた。

秋芳には、こう言われていた。

「いいか、私たちはあくまでも天狗を演じているんだ。拝殿で精を放ったら、天狗様を穢すことになる」

だから、耐えなければいけない。ぐっとこらえて、力強く叩き込むと、

「あん、あんっ、あんっ……イク、イク……」

麻輝子が手指を噛んで、顔をのけぞらせた。

総代と組合長はここぞとばかりに乳首をこね、乳房を変形するほど揉みしだく。

竜一が歯を食いしばって怒張を深く突き入れたとき、

「イク、イク、イッちゃう……やぁあああぁぁ、はうっ！」

麻輝子は顎をいっぱいに突きあげ、のけぞりかえった。

瞬時にして、絶頂の痙攣が走り、全身が細かく震え出した。

どろどろになった体内がエクスタシーの収縮をするのを感じつつも、竜一は射精をかろうじてこらえた。

それに、少し遅れて、

「ああ、落ちる。落ちちゃう……やぁあああぁぁぁぁぁ、うぐっ」

妙子が気を遣る声が、拝殿に響いた。

第六章　供される美少女

1

拝殿での祭祀が終わり、四人は控室に戻った。

衣装を片付けながら、竜一の気持ちは沈んでいた。

秋芳も口数が少ない。

これから、淑乃が天狗様に処女を捧げる秘密の儀式が本殿で執り行われる。招待された客も、一座も人払いされ、二人きりで行われるのだという。

「帰りましょうか」

妙子が言って、四人は控室を出る。

あれほど賑わっていた境内も人影はなく、鎮守の森も建物も深い闇に沈んでいる。

本殿からは明かりひとつ漏れていないが、ここでおぞましい儀式が行われようとしているのだ。


四人とも意識はしている。だが、誰もそれに言及しようとはしない。

竜一もきゅっと唇を噛んで、神社を出た。

田舎道をぞろぞろと歩いて、宿舎に着いた。

衣装やお面を衣装部屋に置いて、それぞれが無言で部屋に戻る。

竜一も部屋で、布団にごろんと横になった。

たった今、自分がしてきたことが、重くのしかかってくる。

総代や村長、組合長らが、妙子や麻輝子に襲いかかったときの欲望丸出しの顔が、脳裏によみがえってくる。

妙子も麻輝子も秋芳も一座の存続のためにしているのだから、自分がとやかく言えることではない。だが、それにしても……。

自分がしてはいけないことをしているような気がする。良心など大して持ち合わせていないが、罪悪感のようなものが押し寄せてきて、気分が沈む。

そして、思いは今、拝殿で行われようとしていることに向く。

淑乃は、一座の犠牲になろうとしているのだ。

これまでは、我慢してきた。だが……。

自分がたった今、おぞましい出来事を体験したからだろうか、これから淑乃が味わうことのつらさや、儀式そのものへの嫌悪感がいっそう強く心にせまってくる。

（いや、考えたらダメだ）

竜一は布団をかぶって、目をつむる。

（この時間をやり過ごせばいい。そうしたら……明日、淑乃はきっとけろっとした顔で現れる）

だが、だが、だが……。

淑乃と影絵遊びをしたときの、無邪気な顔が脳裏にはっきりと浮かんだ。

（このままでは、ダメだ！）

竜一は布団を剝いで、立ちあがった。

普段着の上にジャケットをはおって、すばやくファスナーをあげた。

部屋を出て、廊下を急ぎ、玄関から外に出た。

夜の田舎道を神社めがけて一目散に走った。

息が切れてきた。だが、歩いている場合じゃない。

神社の鳥居が見えてきた。

注連縄の飾られた大きな鳥居を潜ったところで、走る速度をゆるめた。

玉砂利を踏みしめて、拝殿の裏手にある本殿に向かう。

切妻造りで、正面に入口のついた高床式の本殿は、純粋に神を祀《まつ》るための場所であり普通は参拝客を入れないので、思ったより小さく、質素だ。

ここで今、おぞましい儀式が行われているとは思えないほどに静かだ。

厳かな雰囲気に押されて、このまま帰ろうかとも思った。

だが、ここで尻尾を巻いて逃げ出したら、きっと後悔することになる。

竜一は知らずしらずのうちに足音を忍ばせて、階段をのぼり、回廊を歩く。

すると、一箇所、明かりが漏れているところがあった。

木の扉は閉ざされていたが、古い建物だから多少の狂いが生じたのだろう、扉の合わせ目にわずかな隙間がある。

覗くのが怖い。

だが、何が行われているか、はっきりとこの目で確かめなくてはいけない。

静かに近づいていって、隙間にそっと目を寄せた。

神体を祀る祭壇があり、真榊《まさかき》が立てられ、中心に一メートル以上もある巨大な天狗のお面が飾ってあった。

そして、前の床には、純白の布団が敷かれ、大天狗のお面をつけて山伏の格好をした何者かが布団から少し離れたところにある椅子に座って足を開き、その前に白い長襦袢姿の淑乃がしゃがんで、股間に顔を埋めていた。

やはり、事実なのだ。おぞましい儀式は行われているのだ。

周囲には十数本の燭台《しょくだい》が置かれ、どこからか風が忍び込んでくるのか、鼻の異様に高い天狗のお面が、時々揺らぐ蝋燭《ろうそく》の炎でてかてかとぬめ光っている。

そして、いきりたつ長大な肉棹を、淑乃は小さな手で握りしめてゆるやかに上下にしごいていた。

何か言われたのだろうか、淑乃が顔をあげて天狗を見た。それから、静かに顔を伏せて、肉の塔に唇をかぶせた。

すでに、諦めの境地なのか、淑乃は抗うこともしないで、肉棹を頬張る。

根元を握ってしごきながら、余った部分に唇をすべらせている。

（ああ、淑乃……！）

淑乃のととのった横顔が、長大なイチモツを口におさめることでゆがんでいるのがわかる。時々、頬が異様にふくらみ、そして、突き出された唇がおぞましい肉柱にまとわりついて形を変える。

何か言われて、淑乃が怒張を吐き出し、天狗が穿いている袴を脱がしていく。

天狗の下半身が露出し、淑乃がすね毛の生えた足を捧げ持つようにして、白足袋に包まれた足先を舐めはじめた。

爪先を丁寧に頬張り、さらには向こう脛《ずね》から膝、太腿へと舐めあげていく。

その舌が股間でいきりたっているものに伸びると、天狗は淑乃の頭をつかんで、強引に怒張を咥えさせた。

長い如意棒《にょいぼう》が一気に口のなかに姿を消して、淑乃がぐふっ、ぐふっとつらそうに噎せた。

だが、天狗はいさいかまわず腰を突きあげ、頭を押さえつけて、長大なイチモツを叩き込んでいく。

反り返った肉コケシを根元まで叩き込み、苦しげにゆがむ顔をじっと眺めている。

淑乃が余りにも可哀相だった。

見ていられなくなった。

扉を開けて踏み込もうとしたとき、淑乃が自分から顔を打ち振りはじめた。

コーラ瓶はあろうかという巨根を、口いっぱいに頬張って、ずりゅっ、ずりゅっと大きく唇でしごきあげる。

それを見て、踏み込もうとする気持ちが萎えた。

淑乃が顔を横向けたので、陶器のような光沢を放つ頬が飴玉をしゃぶったかのようにふくらみ、それが移動する。

今度は反対側を向いて、違う方の頬をぷっくりと膨張させる。

淑乃がどんな心境でそれをしているのかわからない。だが、竜一は「そんなことをするなよ」と憤《いきどお》るとともに、胸が焦げるような嫉妬を覚えた。

天狗が何か言って、布団を指さした。

淑乃は股間から顔をあげると、ためらいながらも、布団に横たわる。

破瓜《はか》の儀式に相応《ふさわ》しい真っ白なシーツに仰向けになり、片膝を立ててよじって、太腿の奥を隠している。

天狗はいったんお面の下側を浮かして、もう一度つけなおす。

(この天狗は誰だろう？)

ずっと気になっていた疑問が浮上してくる。

先ほどの宴《うたげ》に出席しなかった、大物だろうか？　それとも、さっき泰然《たいぜん》自若《じじゃく》として動かなかった宮司だろうか？　しかし、神社の長たる者が祭神である天狗様を穢すようなことはしないだろう。

天狗が、横たわる淑乃を触りはじめた。

ととのった人形のような顔を、まるで盲人が形を確かめるようにその輪郭を緻密に撫でていく。

細くて長い指が、顎から首すじへと降り、長襦袢の襟元からすべり込んだ。

その手が肩の形を確かめるように肩をなぞった。それから、襟をつかんでぐいと押し広げる。

「あっ……」

淑乃が羞《は》じらって、こぼれでた胸を隠した。

その手を外した天狗が、お面を後ろにまわして、乳房にしゃぶりついた。

竜一は懸命にその正体をさぐろうとするが、この角度では男の顔がよく見えない。

「あっ……くっ……くぅぅぅ」

淑乃が唇を嚙んで、喘ぎをこらえた。

天狗の指が乳房を荒々しく揉みしだき、頂上の突起に舌を這わせている。

後頭部から、高い天狗鼻が伸びて、それが微妙に動くと、

「あっ……やっ……くっ、くっ……あうぅぅぅ」

指を嚙んでいた淑乃がその手をシーツに落として、仄白い喉元をさらした。

天狗は乳房から腹部へと舐めおろし、長襦袢の前をまくって、足を開かせた。

一気に、太腿の奥に顔を寄せる。

膝を立ててひろげた左右の足の間に体を入れ、足をいっぱいに開かせて、太腿の奥を覗き込んだ。

おそらく、処女かどうかを確かめているのだろう。

陰唇に指を添えてぐいと開き、子細に観察していたが、

「どうやら、バージンであることは間違いないようだ」

そう呟いた声には、聞き覚えがあった。

つづいて、顔をあげたとき、ああ、やはりと思った。

痩身で、頰のこけた鳥のような顔をした男――宮司の山沖《やまおき》だった。やはりという気持ちと、まさかという思いが同居していた。

山沖はこの十年、天狗神社の宮司を務める六十五歳で、信仰深く、社務の遂行に関しても万事抜け目なく、このへんでは山沖を尊敬している者が多いという話は聞いていた。

その山沖が、こんな貢ぎ物をさせていたのだ。

啞然としているうちにも、山沖は淑乃の足をつかんで持ちあげ、腹のほうに押さえ

込んだ。

淑乃の腰が持ちあがり、白い布がすべり落ちて、丸々とした尻とそれにつづく太腿がこぼれでた。

山沖は太腿と尻の狭間に顔を寄せて、処女肉に舌を這わせる。

今度は、竜一にもはっきりと見えた。

唾液に潤んだ長い舌が、尻の谷間に息づく処女苑を行き来し、陰唇の脇にも届き、さらには、切れ目の上方の突起を舐めるところが。

「あっ……あっ……いや……あうぅぅ」

淑乃がふたたび指を口に持っていき、指の背を噛んだ。

山沖がさらにクリトリスを吸い、舐め転がすと、その手がシーツに落ちて、

「あっ……あっ……はぁあああぁぁぁ」

淑乃の腰がぶるぶると震えはじめた。

感じているのだ。

処女のまま、秋芳に調教されて、淑乃の身体は男の愛撫に応えるように開発されてしまっているのだ。

山沖の舌づかいに反応して、ビクッ、ビクッと身体を痙攣させる淑乃を見ていると、

竜一の股間もジーンと熱くなってきた。

分身が力を漲らせて、ズボンを突きあげる。

そのことを恥ずかしいと思う。だが、股間はどんどん硬くなってくる。

山沖の舌はいったん股間を離れて、淑乃の太腿から爪先へと這いあがっていく。

ついには、白足袋を外して、じかに足指をしゃぶった。

「い、いや……」

淑乃が足指をぎゅっと折り曲げて、それを拒んだ。

だが、執拗に親指をしゃぶられるうちに、淑乃の抗いが消えて、

「あっ……あっ……くぅぅぅぅ」

顎をせりあげて、ほっそりとした首すじをのけぞらせる。

山沖は親指を、まるでフェラチオするようにじゅぽじゅぽと頬張り、吐き出して、また、隣の指を頬張る。

五本の足指をすべてしゃぶり尽くすと、今度はふくら脛から太腿にかけて舐めあげる。

きめ細かい肌の太腿の内側に舌を這わせていき、また、陰唇に貪りついた。

でんぐり返しの途中の腰を持ちあげさせた姿勢で、執拗に処女肉を舐めつづける。

「あああ、あうぅぅぅ……あっ、あっ……」

痙攣が全身に及び、淑乃はがくん、がくんと大きく身体を震わせる。

山沖が顔をあげて、淑乃の腰をおろした。

お面をかぶり直して、天狗鼻を正面に屹立させ、立ちあがった。

淑乃の顔面をまたぎ、長大な肉棒をつかんで上下させ、淑乃の顔を叩いた。

つらそうに顔をそむける淑乃。

山沖はその顔を正面に向けさせ、エラの這った亀頭部で唇を割り、沈み込ませていく。

コーラ瓶サイズのイチモツをなかば口に押し込まれ、淑乃は「ぐふっ」と噎せた。

苦しげに眉根を寄せる美少女を眺めながら、山沖はまるで膣に打ち込むように腰を振って、太棹を打ち込んでいく。

そのとき、竜一はこの目ではっきりと見た。

淑乃のつむった瞼《まぶた》の縁から、光るものが顔面を伝って、ツーッと真下に落ちていくのを。

山沖が肉棹を口から引き抜いて、淑乃の下半身にまわった。

膝をすくいあげて、怒張を押し当てたとき、

「いやっ！」

淑乃が膝を合わせて、腰をひねった。

山沖はまるで抗いを愉しんでいるかのように、足をつかんで、また膝を押し開く。

「やめて……お願い。やめてください」

淑乃が泣き顔で哀願した。

「ふふっ、そのくらい抵抗してくれたほうが、愉しめる。そうら、こうされたらどうする？」

山沖は膝をぎゅっと握って、力ずくで外にひろげた。

薄い飾り気を持つ女の口をさらけだされて、淑乃は激しく上半身を揺すって、拒もうとする。

山沖が猛りたつものを、そこに押し当てた。

その瞬間、体が自然に動いていた。

竜一は隙間を両手でつかみ、ぐいと力を込めた。

木製の古い引き戸が派手な音を立てて一メートルほど開き、山沖がハッとしてこちらに顔を向けるのが見えた。

まさか、この秘密の儀式を邪魔する者がいるとは思いもしなかったのだろう。お面の天狗鼻と股間の天狗肉棒をこちらに向けて、呆然として動きを止めている。

竜一は駆け込んでいき、山沖にドンと体当たりした。

天狗がみっともなく後ろに引っくり返っている間に、淑乃の手を取って身体を引き起こした。

どうするの、という顔で、淑乃が自分を見た。

「行こう。逃げよう」

「えっ……？」

「いいから」

竜一は片方脱げていた白足袋を拾い、淑乃の手を握ったまま、引き戸に向けて走った。

「おい、どうするんだ？　コラッ、戻ってこい」

せまってくる山沖を、ふたたび突き飛ばした。

天狗の面をつけた山沖は簡単に後ろに倒れた。

その滑稽な姿を見ながら、竜一は淑乃とともに引き戸から外に出て、回廊を走り、さらに階段を降りる。

白い長襦袢をはだけさせて乳房をあらわにした淑乃が、竜一の後を必死についてくる。

境内に降りるところで、持ってきた白足袋を穿かせて、自分のジャケットを脱いで淑乃に着せた。

それから、二人は手を繋いだまま、参道を鳥居に向かって走った。

2

宿舎や劇場に戻ったのでは、見つかる可能性が高い。

山沖だってこのまま放ってはおかないだろう。きっと、血眼で二人をさがすに違いない。もちろん秋芳にも連絡は行くだろうから、一座を頼ることはできない。

お金は持っているが、この時間ではすべての交通機関は止まっている。

「どうするの？」

淑乃が不安げに訊いてきた。

「どこかの旅館に泊まろうか」

「ダメ。山沖の手がまわると思う」

「……宿舎はダメだろうし、劇場もまずいだろ」

「わたしを連れ出した後のこと、考えてなかったの？」

「ああ、ゴメン」

「困った人ね」

「ゴメン」

「いいよ、謝らなくても。わたし……うれしかった」

淑乃がぎゅっと力を込めて、手を握ってくる。

「うれしかった」の言葉で、竜一は報われたような気がした。

「ねえ、山を少しのぼっていくと、ペンションがあるの。今は潰れて、使われていないわ。そこなら……」

「よし、ひとまずそこに身を隠そう」

「その後は？」

「わからない。だけど、もう帰れない。隙を見て、ここを出るしかない」

「『てんぐ座』はどうなると思う？」

答えることができなかった。

「いいわ。とにかく、そこに行きましょう」

淑乃は竜一の手をぐいぐい引っ張って、山道をのぼっていく。

なんだか、自分のほうが救い出されたみたいだ。

頼りない自分に較べて、淑乃のほうが落ち着いている。いざというときには、女性のほうが肝っ玉が据わっているのだと思った。

ケータイの明かりを頼りに、二人は真っ暗な山道をあがっていく。

十分ほど歩いたところで、

「ここよ」

と、淑乃が脇道を入っていく。

さっきまで雲に隠れていた満月が姿を見せて、青白い月明かりが、森のなかに建つモダンなペンションを浮かびあがらせていた。

白壁の瀟洒《しょうしゃ》な建物で、一階、二階と合わせて六つくらいの部屋がありそうだ。

「半年前に潰れて、放っておかれているの。電気とか水道は止まっていると思うけど、一晩くらいなら何とかなるでしょ」

淑乃が言って、玄関に近づいていく。

引いても押しても、玄関の戸は開かない。

裏のほうにまわって、勝手口らしいドアのノブをひねると、カチャッと施錠が外れる音がした。

ドアを開いて、二人はケータイの明かりを頼りになかに入っていく。

やはり、ここはダイニングキッチンらしい。

小さな調理場と食堂がぼんやりと見える。

長い間換気されずに放っておかれた部屋は空気が澱《よど》み、ちょっと黴臭《かびくさ》いような匂いがただよっていた。

「明かりが欲しいね」

淑乃が言った。

ケータイの明かりはバッテリーがなくなれば、消える。

竜一が調理場をさがしていると、クラシックなランタンがしまってあった。

おそらく、災害で電気がストップしたときのために用意してあったのだろう。

その傍には、ランプ専用の灯油の瓶が置いてあった。灯油はまだ残っている。

二人は試行錯誤しながら、灯油をランタンの油壺に注ぎ、引出しに入っていた百円ライターでまだ使えるものを見つけて、芯に火を点けた。

ぼーっとした青い炎がやがて大きくなって赤くなり、ガラス製のホヤをかぶせる。

想像以上に明るい炎が周囲を照らし、竜一は真鍮《しんちゅう》製の把手《とって》を握って持ちあげた。

「ツイてたわね」

「ああ、ツイてた」

「どうする？」

「ランタンがいつ消えるかわからないから、寝る場所をさがそうか。徹夜じゃ、明日動けない」

「そうね……そうしましょう」

竜一はランタンで各々の部屋を照らしていく。

ほとんどの部屋はベッドも運び出されていたが、二階の角部屋だけは、ダブルベッドが置いてあり、マットも布団もあった。

「ここにしよう」

フローリングの床はまだ腐ってはいない。広い部屋の隅にはクロゼット、壁際にベッドが置いてある。

ちょっと黴臭く、塵《ちり》が薄く積もっている。

明かりが漏れないようにカーテンを隙間なく締め切って、ベッド脇の小さなテーブルにランタンを置いた。竜一がベッドに腰掛けると、隣に淑乃も腰をおろす。

淑乃のうつむいた横顔がランタンの炎でぼーっと浮かびあがった。さらさらのボブヘアがかかる横顔はこんなときでもただただ美しい。

淑乃はベッドの端に腰掛けて、二本の足を前に突き出すようにしてバタバタさせていたが、やがて、言った。

「ありがとう」

「あ、ああ……だけど、なんか逆に、大変なことになっちゃったみたいで」

「バカね。こんなことしたら、大変なことになるに決まってるじゃない……でも、うれしかった」

淑乃がしなだれかかってきた。

竜一は右手をまわして、ジャケットのかかっている肩を抱いた。その手に徐々に力をこめると、淑乃がこちらを見た。

黒目勝ちのきらきらした瞳が竜一の気持ちを推し量るように覗き込んでくる。それから、ふっと閉じられる。

キスをしてほしいのだと思った。

竜一も少しずつ距離を縮める。ぷにっとした唇に触れて、そのまま慎重に唇を押しつけた。

淑乃は唇をわずかに開いて、されるがままになっている。

上唇を頬張るようにして、その柔らかさを味わい、つづいて下唇も唇で包み込む。

喘ぐようにひろがった唇の内側に、舌を這わせた。

すると、淑乃も舌を差し出してきたので、舌が触れた。

唾液を載せた肉片はひどくいやらしく、ぬるっぬるっとすべる。

竜一は我慢できなくなって淑乃をぎゅっと抱き寄せ、ベッドに押し倒した。

剝き出しのマットで仰向けになった淑乃。その唇を包み込むようにして貪ると、淑乃も感情をぶつけるように自分から舌を差し込んでくる。

右に左に角度を変えながら、互いの唇や舌を貪り合う。

これほど気持ちのこもったキスをしたことはなかった。

さらさらの黒髪を撫でる。ストレートの髪はほんとうに柔らかくて、頭の形まではっきりとわかる。

長いキスを終えて唇を離すと、唾液の糸が伸びて、きらっと光った。

淑乃はぱっちりとした目を開けて、下から見あげてくる。

きれいだった。その造作ひとつひとつも全体も、神が創った最高の創造物だと思った。

「抱いて」

淑乃の唇がそう動いた。

竜一はあまり体重をかけないようにしながら、両腕を肩と背中にまわしてぎゅっと抱き寄せた。

すっぽりと腕のなかにおさまってしまう小柄な肢体が、体の下でしなって、乳房のふくらみが密着してくる。

体温を感じた。心臓の鼓動も伝わってくる。

淑乃の手が背中にまわされ、力がこもる。大きすぎるジャケットは袖から、かろうじて手が出るくらいだ。その手が袖ごと背中をさすってくる。

竜一は体をずらしていき、胸のふくらみに顔を埋めた。

ジャケットからのぞく白い長襦袢を通して、乳房の豊かな弾力が伝わってくる。

ふくらみに顔を擦りつけると、

「あああぁ……竜ちゃん」

淑乃が名前で呼んでくれた。ぐっと距離が縮まった気がする。

たまらなくなって、乳房を長襦袢越しにぎゅっとつかんだ。白く張りつめた布に乳首の突起がぽっちりと浮かびあがる。

舌を出して、そこをぺろっと舐めると、

「あんっ……！」

淑乃は鋭く反応して、顎をせりあげる。

一瞬、さっき天狗様に穢されかかった身体なのだという思いが込みあげてきた。

だが、自分が清めてやればいいのだ。汚れを落としてやればいいのだ。

突起を口に含んで、かるく吸った。

吐き出して、白い布地に色が透け出している突起を上下に舐め、舌で左右に弾いた。

「ぁあああ……竜ちゃん、気持ちいい。気持ちいいよ」

喘ぐように言って、淑乃は竜一の足に足をからめてくる。

竜一は左右の太腿を膝で割った。すると、下腹部が持ちあがって、こんもりとした恥丘がおずおずと擦りつけられる。

その頃には唾液を吸った白い長襦袢が、乳首に吸いつき、ピンクの色を透け出させていた。

微妙な色合いを示す乳首をチューチュー吸って、舐め転がした。

「あああ、ぁあぁぁ……いい。気持ちいい」

淑乃は、竜一の背中にしがみつきながら、下腹部をぐいぐいとせりあげる。

まだ処女で膣の快楽は知らないはずなのに、きっと女の本能があって、自然にそう動いてしまうのだ。

竜一は右手をおろしていく。長襦袢の前をまくってそこを確かめると、太腿の奥はまるで小便でもちびったようにびっしょりと濡れていた。

手のひらで擦ると、溜まっていた蜜が伸ばされるのか、全体が潤ってくる。

「ああ、ぁああぁ……」

淑乃は陶然《とうぜん》として声をあげ、手をマットに落とした。

3

竜一は淑乃のジャケットを脱がして、自分もブリーフだけの姿になった。

淑乃も自分から長襦袢を落とす。

きめ細かい肌が片側からのランタンの光を浴びて、陰影深く照らされて、その姿に竜一は見とれてしまう。

次の瞬間、淑乃がしがみついてきた。

体重を受けて仰向けになると、淑乃は上からキスをしてくる。

唇を合わせながら、悩ましげに裸身をくねらせる。

重なった唇からは絶えず喘ぐような吐息が洩れ、芳しい唾液が竜一の口腔を満たす。

なめらかな舌によってもたらされる感触が甘く全身にひろがり、股間のものは痛いほどにブリーフを突きあげた。

淑乃は唇を合わせながら右手をおろし、ブリーフにすべり込ませて、いきりたつものを握ってくる。

小さく柔らかな指がぴったりと肉棹に張りつき、静かに上下動する。

気持ち良すぎた。

これまでも同じようなことをされたが、その数倍も気持ちがいい。

淑乃を救い出してよかった。

淑乃はちゅっ、ちゅっと唇をついばみ、そして、上から見つめてくる。

黒曜石のような瞳に慈しむような温かい感情が読み取れて、竜一もまっすぐに淑乃を見あげた。

すると、淑乃ははにかんで微笑み、竜一の顎から首すじへとキスをおろしていく。

鎖骨《さこつ》に沿って、舌が這う。

潤沢な唾液をなすりつけながら舌が真下へとおりていき、乳首が甘く吸われ、あやされる。

その間も、握りしめた肉棹をゆるやかにしごいてくる。

淑乃はいったん顔をあげ、ブリーフを引きおろした。

分身が転げ出た次の瞬間、それが温かく潤んだものに包まれる。

淑乃は硬直を一気に根元まで咥え込んで、しばらくじっとしている。

それから、静かに引きあげていき、亀頭冠のくびれを中心に上下に小刻みに往復させる。

斜め横から咥え込んでいるので、竜一には淑乃の持ちあがった腰が見える。

ランタンの明かりに赤々と照らされた無花果《いちじく》の形をした尻は妖しくてらつき、その狭間で唇を縦にしたような一対の肉びらがぴったりと口を閉ざしている。

竜一は痺れにも似た快感を味わいながら、右手を尻の狭間に伸ばした。

持ちあがった尻の底をさすると、二枚貝がわずかに口をほころばせる。

粘膜に指を添えてなぞると、ぬるっとした潤みが指を濡らし、淑乃の動きがぴたりと止まった。

感じているのだ。

陰唇の谷間を幾度も指で往復させるうちに、濡れが増して、おびただしい蜜で肉びらの外側までぬらぬらと光ってきた。

「あああ、ぁあぁぁ……」

すでに咥えることのできなくなった淑乃は、肉茎を握る指に力を込めて、糸を引くような喘ぎをこぼす。

「淑乃、こっちに」

言うと、淑乃は少しためらってから腰を移動させ、竜一の胸をまたいでくる。

目の前に、ゆで卵みたいに艶つやの尻たぶがせまり、合わせ目にはセピア色の可憐な窄《すぼ》まりが息づき、その下方には、小ぶりの肉花が赤い内部をのぞかせていた。

顔を持ちあげて、女の急所に貪りつくと、

「あっ……」

淑乃がビクッと震えて、肉茎を握る指に力を込める。

竜一はいったん顔を離して、肉びらに指を添えた。左右にひろがって、鮮やかなアーモンドピンクの粘膜が顔をのぞかせる。

正直なところ、竜一にはそこが処女地であるかどうかはわからない。

だが、本来なら開口している膣口がH字形に窄まって、蜜にまみれていることはわかる。

もう一度舐めようとして、宮司がそこをしゃぶっていたことを思い出した。

（いや、怯《ひる》むな。俺が舐めて清めればいいんだ）

陰唇をひろげたまま、内部の赤身に舌をぶつけた。

プレーンヨーグルトみたいな味覚のなかに、唾液が乾いたときの異臭がわずかに混ざっている。

ためらったとき、淑乃が分身を頬張ってきた。

口腔深く硬直を含まれて、ずりゅっ、ずりゅっと根元を指でしごかれると、竜一もそれに応えたくなって、女の苑に貪りついていた。

無我夢中で、剝き出しになった粘膜を舐め、そして、下方の突起をしゃぶった。

赤珊瑚《あかさんご》色にせりだした肉芽を舌で弾くと、

「うっ……ぅうぅぅぅぅ……」

淑乃は勃起を頬張ったまま、腰を揺すった。

竜一は指先で包皮を剝き、ぬっと現れたおかめ顔の突起に舌を這わせる。

小さなクリトリスが見る間にぬめ光り、腰がぶるぶると震えはじめた。

そして、淑乃はただただ咥えるだけになって、じりっ、じりっと腰を横揺れさせる。

あふれだした愛液が鼠蹊部から内腿にかけてひろがっていくのを感じて、竜一はこらえきれなくなった。

身体を入れ換えて、淑乃を仰向けに寝かせ、

「淑乃、お前のバージンが欲しい……いいか？」

上から視線を投げつけると、淑乃は顎を引くようにしてうなずいた。

竜一は左手を右足の内側に入れて持ちあげさせ、右手で肉棹を握って、潤みの底に押しつけた。

位置は合っているはずだが、切っ先がぬるっとすべって、なかなかとば口をとらえることができない。

焦っていると、淑乃が右手を伸ばしてきた。

自ら両膝を持ちあげて、竜一の怒張を陰唇の狭間に導き、

「ください」

濡れた瞳を向けてくる。

その哀願するような瞳にいっそう欲情して、竜一はそれでも慎重に腰を入れていった。

切っ先がすべりながらも、深みへと嵌まっていくような感覚がある。

だが、窮屈なものに遮られて、それ以上は進んでいかない。

そこを無理やりこじ開けようとすると、

「ううぅぅ……」

淑乃が呻いた。

「大丈夫？　痛い？」

「いいの。淑乃を女にして」

淑乃が涙目で見あげてくる。

（よし、女にしてやる）

切っ先に体重を乗せると、先っぽが何かを突破して、処女地を切り開いていく確かな感触があった。

「くっ……」

淑乃がマットレスの表面を掻きむしった。

強いホールド感のなかでさらに力を込めると、先端が奥で行き止まり、

「あああぁぁぁ……」

真珠のような歯列を剝き出しにして、淑乃が顔をのけぞらせた。

市松人形のような顔が苦しげにゆがむさまを見ながら、竜一も「くっ」と奥歯を食いしばっていた。

淑乃の体内は温かい。そして、緊縮力に満ちている。

入口と途中がきゅ、きゅっと締まって、その怯《おび》えにも似た痙攣が淑乃の状態を伝え

てくる。

「痛いだろ？」

淑乃は首を左右に振る。だが、それが嘘であるのは、歯を食いしばって痛みに耐えている表情でわかる。

可哀相になってきて、竜一は覆いかぶさるように身体を重ね、髪を撫でてやる。なめらかな絹のような髪が指にも心地よい。

「ねえ、ぎゅっと抱いて」

そう言う淑乃の黒目勝ちの瞳には、うっすらと涙の膜がかかっている。

竜一が肩口から手を入れて抱きしめると、淑乃も竜一の背中と頭をかき抱くようにして、身元で囁いた。

「わたし、女になったのね」

「ああ、女になったんだ」

竜一は顔をあげて、額にキスをする。

前髪が割れてのぞいている額にキスの雨を降らし、瞼にも唇を押しつける。

閉じられた瞼の縁からわずかに涙がにじみ、それがランタンの明かりに照らされて濡れ光っていた。

竜一は目尻に溜まった涙を舐めてやる。

それは、ちょっとしょっぱいが温かい。

涙の代わりに唾液をなすりつけ、舌を頬、唇へとおろしていく。

ぽっちりとしたサクランボみたいな唇をついばみ、貪りついた。

すると、淑乃も応えて唇を吸ってくる。

口を半開きにして、舌をぶつけあった。

舌を頬張り、吐き出す。淑乃も同じことを繰り返す。

その間にも、開通したばかりの処女道がくいっ、くいっと分身を締めつけてきた。

(ああ、俺は淑乃の処女を奪ったんだ。女にしたんだ)

ずしりと重く、それでいて、歓喜に満ちた実感が湧きあがってくる。

唇を離すと、糸のような唾液が二人を繋いで、透明な絆《きずな》がランタンの明かりにきらっと光った。

「淑乃……俺……」

「竜ちゃん、ありがとう」

淑乃がふたたび唇を押しつけてきた。

ぷにぷにした唇を感じて、竜一の分身が体内でビクッと頭を振った。

くる。

淑乃は合わさった唇からくぐもった声を洩らして、竜一の腕を握る指に力を込めて
「う、ぐっ……」

じっとしていられなくなって、竜一は腰を動かした。

窮屈な肉路の圧力を撥ね除けるようにして、腰を波打たせると、分身が温かい女の
坩堝《るつぼ》をぐちゃぐちゃと掻き回して、

「うっ……あっ……あうぅぅ、竜ちゃん」

淑乃が唇を離して、のけぞりながら、きりきりと奥歯を食いしばった。

「痛い？」

「ううん、大丈夫。気にしないで、もっと突いて。強く、お願い」

けなげな言葉に、ますます淑乃が愛《いと》しくなった。

「ゴメン。我慢しろよ」

竜一は腕立て伏せの格好で、慎重に腰を振った。

反りながら怒張した屹立が、まだ破瓜して間もない女の道をこじ開けながら、ゆっ
くりと往復していく。

亀頭部が膣の天井を擦りあげ、ふくらみきった粘膜がひたひたとからみついてくる。

「あっ……あっ……」

淑乃は三日月形の眉をつらそうにハの字に折り曲げ、ほっそりした穢れなき喉元をさらして、竜一の腕が痛むほどに強く握ってくる。

「淑乃……」

もう一度、唇にキスをした。

柔らかな唇を貪り、舌をまさぐりながら、腰をつかった。

すると、淑乃は陶然とした表情で足を腰にからめてくる。

痛くて動きを封じようとしているのか、それとも、もっと深いところに欲しいのかはわからない。だが、淑乃の自発的な所作が竜一をかきたてる。

淑乃の背中に両手をまわしてぐいと引きあげながら、自分は足を伸ばして座る。たおやかな上半身が起きあがってきて、淑乃は竜一の腰をまたぐ形で肩にしがみついてくる。

竜一も背中と腰に手を添えて、引き寄せる。ぎゅっと抱き寄せて、髪の毛と背中を撫でた。

「竜ちゃん、ほんとうにありがとう」

淑乃の声が耳元をくすぐってくる。

「俺のほうこそ、淑乃にお礼を言わなくちゃ」

抱きしめると、淑乃もぎゅっと腕に力を込めた。

それから、竜一は体を離して、乳房に顔を寄せた。

透き通るようなピンクにぬめる乳首にしゃぶりついて、かるく吸うと、

「はんっ……」

淑乃は首から上をのけぞらせて、肩をつかむ指に力を込める。

竜一は左手で背中を支え、右手で乳房をつかんで揉みしだく。背中を曲げて顔を寄せ、ふくらみの頂を舌であやす。

ぷっくりした乳暈から二段式にせりだした乳首は、虚勢を張っているようにせりだしている。その硬くしこった突起を舌で上下に撥ね、左右に弾いた。

うんぐと頬張り、ちゅーちゅー吸うと、

「あああ、気持ちいい……竜ちゃん、いいよ、あそこがうずうずする」

淑乃は後ろに手をついて上体をやや倒し、腰を揺らめかせる。

繊毛が擦れ、膣から滴った蜜が股間を濡らす。

そして、猛りたつ分身は狭隘《きょうあい》な肉路にぐにゅり、ぐにゅりと揉み抜かれる。

（気持ち良すぎる……）

竜一は乳首をしゃぶりながら、もたらされる快感を味わった。

「ぁあぁぁ……へんよ。へん……」

最初はためらいがちだった淑乃の腰の動きが、少しずつ活発になってきた。

乳首から顔を離すと、淑乃は顔を後ろに落とすようにしてのけぞり、腰を前後にすべらせて、

「ぁあぁ、あうぅぅぅ……」

と、哀切な声をあげている。

竜一は後ろに倒れて仰向けになった。

男にまたがって上になっている姿が恥ずかしいのか、淑乃も前に倒れてかぶさってくる。

竜一はさらさらの髪を撫で、背中に手をすべらせる。

さらに手を下へと移すと、尻たぶの丸みがあって、その切れ目に肉棹が膣に嵌まり込んでいるのがわかる。

肉の槌《つち》が柔らかな肉の狭間に埋まり、ねっとりとした愛液が付着して、ぬるっぬるっとすべる。

「ぁあぁ、ぁあぁぁ……」

淑乃が抑えきれない声をあげて、腰をかるく前後に揺すった。

その動きで、竜一の指先が上方の窄まりに触れた。指がアナルに届くと、

「あんっ……」

淑乃はビクッと尻たぶを引き締める。

もしかして、感じるのかもしれない。

右手の指で愛蜜をすくいとり、ぬめりをなすりつけるように上方の窄まりに触れると、きゅんと、とば口が収縮して、

「ああん、そこはダメ……」

淑乃が耳元で言う。だが、本心からいやがっているようには見えなかった。

竜一はアナルの周辺から本体にかけて、愛蜜を塗り込めながら、円《まる》くマッサージしてやる。すると、こわばりが取れて、

「あああ、あうぅぅ……」

淑乃はもどかしそうに腰を揺する。

「感じるんだね？　ここも」

「ええ……やっ、恥ずかしい」

竜一はアナルを愛撫しながら、腰をせりあげた。

硬直が斜め上方に向かって膣肉を擦りあげ、

「あっ……あっ……」

淑乃はしがみつきながら、声をあげる。

さっきまでとは違って、女の悦びが混ざっているような気がする。

マッサージを受けて柔らかくなっているアナルに右手の中指をあてた。少しずつ力を込めると、わずかな抵抗感を残して、指先が沈み込んでいく。

「くっ……！」

淑乃は一瞬顔を撥ねあげ、それから、しがみついてきた。

硬直したように動かない。だが、総身がぶるぶると震えている。

竜一は内部を確かめるように指先を動かした。

入口は窮屈だが、その奥には何か柔軟な膜のようなものが押し寄せていて、そこを攪拌《かくはん》すると、なめらかな粘膜が指にまとわりついてくる。

そして、淑乃は「あああぁ、ぁあああぁ」と喘ぎをこぼしつづける。

もっと腰をつかいたくなって、竜一はアナルから指を抜いた。

両手で尻と腰をつかみ寄せ、慎重に下から突きあげる。いきりたつものが潤みきった隘路《あいろ》をずりゅっ、ずりゅっと擦りあげて、

「あんっ、あんっ、あんっ……」

淑乃は甲高い声をあげる。

いったん突きあげを休むと、淑乃がゆっくりと上体を起こした。

騎乗位の格好で、上から見おろしてくる。

下から見ると、格好よく持ちあがった乳房の意外に充実した下側のふくらみが目に飛び込んでくる。

抜けるように白い肌は、どこか現実離れしていた。

そのとき、ランタンの炎がゆらっと揺れて、白い肌の上で光と影が交錯した。

それをきっかけにするように、淑乃が動き出した。

やや前傾して手を胸につき、腰から下を静かに前後に揺すり、

「あっ……くっ、くっ……」

歯を食いしばりながらも、哀切な声をあげる。

竜一は自分で動きたいのをこらえて、その悩ましい姿を目に焼きつけた。

破瓜の儀式を終えたばかりの女が、欲望に衝《つ》き動かされるように、自ら腰を振る。

そのことが、竜一の男心をかきたてるのだ。

「ああ、ダメっ……」

淑乃がへなへなっと前に突っ伏してきた。

竜一はそれを受け止めると、繋がったまま一ったん横臥し、さらに半回転して上になる。

上体を起こし、淑乃の膝を開かせて腹につかんばかりに押さえつけた。

下腹部の薄い繊毛の下に、自分の屹立が嵌まり込んでいるのが見える。

ついさっきまで前人未到の地だったところに、男の欲望のシンボルが深々とおさまっている。しかも、それは自分の分身なのだ。

体の底から、じわっとした悦びが込みあげてくる。

もっと強く突きたいという気持ちを抑えて、ゆるやかに抜き差しをする。

ぐちゅ、ぐちゅと淫靡な音がして、ピンクっぽいものが接合部分からにじみだしていた。破瓜の印だろうか。

「あっ……あっ……」

淑乃は両腕を開いて顔の横に置き、切れ切れに声をあげる。

格好よく持ちあがった乳房が波打つように濡れて、表情が見えないほどに顔がのけぞっている。

竜一は両膝の裏側に手を添えて押さえつけ、やや持ちあがった膣に硬直を突き刺していく。

すると、この体位が感じるのか、

「あんっ、あんっ……いい」

淑乃は仄白い喉元をさらして、両手でマットレスを引っ掻いた。

まったりとした肉襞が分身にまとわりつき、甘い快感が急激にふくれあがる。

もう長くは持ちそうにもなかった。

「淑乃……淑乃！」

名前を呼ぶと、淑乃がこちらに顔を向けた。

「出そうだ。淑乃のなかに出していいか？」

「ええ。ちょうだい。竜ちゃんをちょうだい」

淑乃がつぶらな瞳を潤ませた。

「よし、イクぞ」

射精するときは、淑乃をしっかりと抱いていたい。

上体をかぶせて、小柄な肢体を抱きしめた。

淑乃の身体が壊れてしまうんじゃないかというほどにぎゅっと引き寄せながら、腰を躍らせる。

「あっ、あっ……あうぅぅぅぅ」

まだ痛みは残っているのだろう、淑乃が竜一の肩口を噛むようにして、しがみついてくる。

腰をつかうと、切っ先が膣肉を擦りあげ、入口が根元のほうを締めつけてきて、射精前に感じる甘い愉悦が下腹部でじわっとひろがった。

「そうら、淑乃。イクぞ。出すぞ」

「ああ、ください。ください……」

「おおぅぅ……」

吼えながら、射精覚悟で硬直を叩き込むと、

「うっ……うっ……ぁあぁぁぁぁ」

淑乃は両手でマットレスをつかみ、顎をせりあげた。

眉をハの字に折り曲げた泣き顔が、もとが美人であるがゆえに悩殺的で、そして、自分にだけ見せてくれているのだと思うと、竜一は至福を感じた。

射精したくなった。

腰を躍らせると、隘路を肉棹が押し開き、擦りあげ、内部の潤みが痙攣するように締めつけてきた。

「淑乃、イクぞ」

「ぁああ、竜一！」

「おおぅ、そうら」

吼えながら叩き込んだとき、至福が訪れた。

熱い男液が尿道管をすごい勢いで駆け抜け、放出される。

痺れが下半身から全身にひろがって、頭の芯が焼けた。

「おおぅ、おおぅぅ」

自分が獣染みた声を出しているのがわかる。

そして、淑乃は「うっ」と呻いて、ぎゅっとしがみついてきた。

抱きつきながら、淑乃は痙攣している。

小刻みな震えを感じながら、竜一は放出の歓喜に酔いしれた。

精液はおろか自分のすべてが淑乃に吸い取られていくようだ。こんな歓喜は初めてだった。

打ち尽くしても離れる気持ちにはならなかった。

体重をかけすぎないように支えながら上になっている。

すると、淑乃の体内がいまだに収縮して、分身を締めつけてくる。

「淑乃、好きだ」

やさしく抱くと、

「わたしも、竜ちゃんが好き」

淑乃が腕を背中にまわして、ぎゅっと力を込めてくる。

第七章　悦楽の果てに

1

ペンションの一室で抱き合ったまま眠ろうとしていると、車のエンジン音が近づいてきて、前で止まった。

ハッとして、竜一と淑乃は顔を見合せる。

追手だろうか？　明かりは漏れていないはずだが。

しばらくして、バンとドアを閉める音がして、話し声が聞こえた。

竜一はサイドテーブルに載っていたランタンの明かりを消した。

真っ暗になって何も見えなくなった。竜一は淑乃に服を着るように言い、自分も服をつける。

その間にも、誰かがペンションに入ってきたような物音がした。

きっと、宮司の息のかかった追手だろう。

竜一は発見されないことを祈りながら、淑乃の手を引き、ケータイの明かりを頼りに、部屋のクロゼットに隠れた。

その直後に、部屋のドアが開けられ、二人は身をこわばらせて抱き合った。

追手の声がした。

「淑乃、門馬さん、いるんでしょ？」

妙子の声だった。

足音が近づいてきた。クロゼットの観音扉が開けられて、懐中電灯の明かりが竜一の目を射る。

「こんなところに隠れて。さっき来るとき、明かりが漏れているのが見えたわよ」

そう言ったのは、麻輝子だった。

懐中電灯の光が足元に落ち、竜一は眩《まぶ》しさから解放される。

スラックスを穿き、ジャケットをはおった妙子と麻輝子が懐中電灯を手に立っていた。

「いつまでもここにいちゃ、ダメ。行きましょう」

妙子が言った。

「えっ……でも」

「いいのよ。あなたたちを救いに来たんだから」

「そうよ。もたもたしないで」

捕まえにきたのではないことを知り、ほっとしながら、二人にせきたてられるように部屋を出る。

ペンションを出ると、大型四駆が駐車してあった。

一座が持っている車である。

竜一と淑乃は後部座席に乗り、麻輝子が運転席に、妙子が助手席に座る。

麻輝子はエンジンをかけ、ゆっくりと車をバックさせ、方向転換して山道に出た。静かに降りていく。

「後ろに二人のトランクがあるでしょ。着替えも入っているから、淑乃は着替えて。その格好じゃ目立って仕方ないもの」

麻輝子に言われ、竜一は手を伸ばして、トランクスペースから赤いキャリーバッグを取ってやる。

淑乃がバッグを開けて、下着と服を取り出した。

「見ないでね」

竜一に言って、シートの上でピンクのパンティを苦労して穿く。

それから、長襦袢を肩から落として、ブラジャーをつける。

竜一は反対側を向いているので、はっきりとは見えない。視野の片隅に入ってくる淑乃の着替えを気にしていると、妙子が言った。

「山沖から、秋芳に連絡があったのよ。門馬さんが淑乃を連れて逃げたって……正直言って、驚いたわ。門馬さんがそんな大胆なことをできる人だとは思っていなかったから」

「……すみません。それをしたら、一座がどうなるかってわかってはいたんだけど、だけど、俺……」

「もうやっちゃったんだから……このままだと一座はこの土地を追い出されるでしょうね」

「……すみません」

「男らしくないわね」

麻輝子がステアリングを握ったまま、話に割り込んでくる。

「いまさら謝るのは、淑乃に対しても失礼なんじゃない。男らしく堂々としていなさいよ。ちょっと見直していたんだから」

「すみません」

「ほら、また謝った」

麻輝子が声を出して笑った。

妙子が後ろを振り返って言った。

「ゴメンなさい。わたしの言い方が悪かったのよね。責任を感じているんでしょうけど、あなたの気持ちはわかったから、それ以上考えないで。それより、これからどうするか考えましょう」

「わたしたち、二人の味方になることに決めたのよ」

麻輝子がつづけた。

「秋芳がしていることは、いくら一座の存続のためとはいえ、やりすぎだと感じていたの。自分が体験して、そのつらさを知っているから、なおさらね。だから、門馬さんがしたことを知らされて、ある意味、よくやったという気持ちだったのよ」

「わたしも秋芳から聞いて、あなたたちを救うことに決めたの。秋芳には二人をさがしに出ると言ってあります。実際にさがしていたんだけど、目的はあなたたちを宮司に突き出すことじゃない。逃がすことだったの」

妙子の言葉が胸に沁みた。

「麻輝子さんが、ここじゃないかって言うから来てみたんだけどズバリだったわ」

「ふふっ……二人はやったんでしょ？　門馬さんが天狗様の役目を果たしたんじゃないの？」

麻輝子がルームミラー越しに、二人をちらっと見た。

淑乃が竜一の手をぎゅっと握りしめてくる。

「そうみたいね。おめでとう」

麻輝子が皮肉っぽく言う。

四人を乗せた車は山道をくだり、平坦な道路に出た。

「で、どうするの？　ここにいたら、捕まるだけよ。宮司は、村長や旅館組合長とグルだから、もういろんなところに手はまわっていると思う。鉄道やバスも利用できない。まさか道路の検問はしていないでしょうから、この車で村を出るしかないわね。それでいい？」

麻輝子の言葉がうれしかった。また、それしか方法はないとも思う。

自分はいいのだが、淑乃はどうなのだろう？

横を窺うと、淑乃も目を合わせて、うなずいた。

「じゃあ、夜が明けるまでできるだけ走って、東京に近づけばいいわね。逃げるっていったって、そんなにお金はないでしょうから、門馬さんのアパートに行くしかないでしょ。アパートは誰にも教えてないんでしょ、違う？」

竜一は大きくうなずいた。

「じゃあ、決まりね。二人を駅で降ろして、そのままUターンして、ここに戻ってくる。秋芳たちには、夜を徹して二人をさがしていたけど、見つからなかった、と言えば何とか誤魔化せるでしょ」

「ありがとうございます。俺、何てお礼言ったらいいのか……」

「お礼？　そうね、最大のお礼は、責任持って淑乃を幸せにすることね。中途半端で放り出したら、わたしたちが黙っていないからね」

「はい……」

「疲れてるでしょ。後は任せて、そこで寝ていいから」

麻輝子をこれほど頼もしく感じたことはなかった。

車内が静かになり、前方の道路がヘッドライトの明かりで照らし出される。

しばらくすると、淑乃が肩に頭を預けてきた。

肩をぽんぽん叩いていると、淑乃は身体をシートに横たえて、竜一の膝に頭を載せてくる。

その重みを感じながら、背中をさすっているうちに、静かな吐息が聞こえてきた。

しばらくして、竜一も誘われるように眠りの底へとすべり落ちていった――。

2

一カ月後、竜一は淑乃と一緒に東京のアパートで暮らしていた。

あの朝、二人は駅で車を降り、上りの電車に乗って東京に着き、竜一の住むアパートにやってきた。

しばらくは追手が来るかと気が気でなかった。だが、東京の住所を誰にも言っていなかったことが幸いして、後を追ってくる者はいなかった。

そして、竜一はハローワークで新しい仕事を見つけて、働きはじめた。

契約社員で、ホームセンターの店員という不安定なものだったが、仕事の選り好みをしている場合ではなかった。

なぜなら、淑乃を食わせていかなければいけないからだ。一緒に暮らすための生活費が必要だった。

仕事は自分のためにするのではなく、愛する人を養うためにするものなのだ。三十のこの歳までこういう気持ちにならなかったことがおかしかったのだ。

仕事は早番、遅番の二交替制だったが、淑乃は早番のときも早起きして朝食を作り、遅番のときもきちんと夕食を作って待っていてくれた。

淑乃は思ったよりも家庭的で、料理もきちんとできた。ただし、掃除だけが苦手だったので、掃除は竜一が受け持った。

そして、身体を重ねるたびに、淑乃は女であることの悦びを現すようになった。処女を奪われる際に苦しまないようにと、秋芳によって開発されてきた身体である。膣での悦びを体得するのに時間はかからなかった。

夫婦のように夕食を摂り、風呂に入り、テレビを見て、二人はベッドに入る。

2DKの古いアパートで、ベッドはシングルだ。

二人寝ればいっぱいのベッドで、竜一は淑乃を抱く。

経済的に苦しいこともあって、淑乃は竜一のパジャマを着ていた。手が袖からかろうじて出るぶかぶかの上着と、足首さえ見えないズボンを淑乃が身につけると、それはそれですごくキュートだった。

淑乃はさらさらのボブヘアも、福耳も、サクランボのような唇も、首すじも腋の下も、手指も、身体のすべてが性感帯であり、そこを愛撫すると、悦びの声を押し殺した。

隣室との境の壁が薄くて、隣の物音や声がよく聞こえるので、こらえているのだ。

そして、淑乃はフェラチオが好きだった。情熱を燃やしていたと言っていい。

放っておけば、きっと一時間は咥えていただろう。

竜一が挿入にかかる頃には、淑乃の下腹部はオシッコでも洩らしたのかと思うほどにびっしょりで、内腿までも濡れているのだ。

突入すると、淑乃は声を必死に押し殺しながらも、全身で女の悦びを現した。

白絹のような肌は性感の上昇とともに桜色が浮き出てきて、強くキスをしただけで赤い紋章のような印が残り、そして、正面から打ち込むと、形のいい乳房が可哀相なほどに揺れて、ピンクの乳首がいっそうせりだしてきた。

淑乃はアナルも感じた。

そこに勃起を打ち込みたいと感じたこともあったが、痛がることはしたくなかった。

ただ、もし淑乃がそれを求めてきたらやってみたいと思っていた。

そして、驚いたのは、淑乃が一度のセックスで何度もイクということだ。

これまでつきあった数少ない女性はほとんどイクということがなかったが、イッたとしてもそこで終わった。だが、淑乃は違った。

一度気を遣っても、そこからまた上昇して、次はもっと激しいエクスタシーに達するのだ。

自分は性的なテクニックという点では、平均点以下だろう。

だから、きっと秋芳が施した性的調教が功を奏しているのだ。悔しいが、それは認めざるを得なかった。


その日、竜一は早番と遅番を間違えて出勤し、予定の時間より三時間も早く帰宅することになった。

淑乃を驚かせてやろうと連絡しないでアパートに帰ってくると、駐車場に見慣れた大型四駆が停まっていた。

(『てんぐ座』の車か……まさか?)

淑乃を連れ出してしばらくして、妙子から連絡があった。

二人が失踪して、恥をかかされた宮司は、氏子総代、村長、温泉組合長らの有力者と結託して、『てんぐ座』を土地から追い出そうとした。

そこで、妙子と麻輝子が自発的に宮司を招いて、肉体接待をし、宮司の怒りをおさめたのだという。

宮司の屈辱感は相当なものだっただろうから、二人はおそらく他人には言えないほどのことをしたに違いない。

秋芳が平謝りに謝り、また、『てんぐ座』の評判自体は観光客に良かったこともあって、一座はかろうじて存続を許された。

辞めていった男を呼び戻し、裏方に徹していた妙子を演者として復活させることで、現在も公演をつづけている——。

そう聞いて、少しほっとしていた。

なのに、なぜ一座の車がここにいるのか？

竜一の部屋は、二階建てのアパートの一階にある。

急いで部屋の前まで行き、開けようとしたとき、なかから女の喘ぎ声のようなものが聞こえてきた。

耳を澄ました。

ようなものではない、明らかに淑乃が感じているときに洩らす声だ。恋人の声がどんな状況で出されているか、間違うはずがない。

頭を鈍器で殴られたような衝撃で、気が遠くなりかけた。

となれば、相手は秋芳だろうか？

ドアを開けたときに飛びこんでくるだろう光景が怖くなった。

竜一はその場を離れて、アパートの正面にまわった。

周囲は生け垣で囲まれていて、道路から竜一は見えない。

一階のほぼ真ん中にある自分の部屋の窓下まで、足を忍ばせて歩いていく。

カーテンは引かれていたが、中央に隙間があり、そこからそっとなかを覗いた。

透明なガラスを通して、目に飛びこんできたものは――。

リビングとして使っている部屋のカーペットに、上半身裸の淑乃が這っていた。

そして、まくれあがったスカートの背後で、秋芳が片膝を立てて、腰を激しく打ち据えていた。

「あっ……あっ……」

打ち込まれるたびに淑乃は顔を撥ねあげ、カーペットを鷲づかむ。

スーッと目の前に何かが降りてきた。

真っ赤に燃えた半透明のスクリーンに、二人がまぐわいをする姿がまるで影絵のように映っている。

動けなかった。

身も心も金縛りにあったようにこわばり、心臓も止まりかけた。

血の色のスクリーンのなかで、秋芳がさがっていたズボンからベルトをシュッーと抜き取るのが見えた。

それから、淑乃の両手をつかんで背後にまわし、手首をひとつに合わせて、ベルトでくくりはじめた。

淑乃は抵抗ひとつしないで、されるがままだ。

(なぜだ？　なぜ抵抗しない？)

秋芳はくくったところをつかんで、また腰をつかいはじめた。

打ち据えられるたびに淑乃は、顔の側面をカーペットに擦りつけた状態で、「あっ、あっ」と喘ぐ。

聞きたくない声が、ガラス窓を通して、耳に容赦なく忍び込んでくる。

秋芳が、両腕の交差する箇所をつかんで引きあげた。

淑乃の上体があがり、顔がはっきりと見えた。

後ろから打ち込まれるたびに、淑乃は眉根を寄せた今にも泣き出しそうな顔で、断続的に喘ぐ。

こちらを向いた顔に、自分とのセックスでは見せなかった深い陶酔の色を感じ取って、竜一は慄然《りつぜん》とした。

淑乃の真実が心のなかにくっきりと像を刻み、竜一はそれに打ちのめされた。

秋芳が淑乃から離れ、カーペットの上に仁王立ちした。

すると、淑乃が膝でにじり寄った。

背中で両手をひとつにくくられた姿勢で、秋芳の前に正座し、いきりたつ肉の塔を下から舐めあげていく。

(よせ、よしてくれ!)

『てんぐ座』にいた頃は、同じ光景を見ても、これほど苦しくなかった。

自分の淑乃への愛情が深まれば深まるほど、胸を掻きむしられるような痛みが激しくなっていくのだと思った。

だが、淑乃は竜一が覗き見しているなどつゆとも思っていないのだろう。

裏筋に沿って亀頭まで舌を這わせ、また根元から舐めあげていく。

秋芳がそんな様子を感慨深げに眺めている。

秋芳が何か言って、淑乃は低い姿勢になり、秋芳の股ぐらに顔を寄せた。

上を見あげるような格好で、皺袋に舌を這わせる。

それから、頬張った。睾丸をひとつ口におさめ、しばらくその状態でいてから、吐き出した。

白髪混じりの陰毛の張りつく皺袋を、淑乃はまた愛しげに舐める。

その舌がおりていった。

睾丸と肛門を繋ぐ蟻《あり》の門渡《とわた》りを舌が丹念になぞり、秋芳はそんな淑乃の姿を目を細めて見ている。

股ぐらに顔を埋めていた淑乃が上体を立てて、猛りたつ肉柱を上から咥え込んだ。

両手を背中でひとつにくくられた姿勢で、大きく顔を打ち振って、自分の淫蜜が付着している肉棹に唇をすべらせる。

そして、竜一は……悔しいが、見とれていた。

淑乃が秋芳に献身的に奉仕をする、美しくも官能的な姿に。

二人の息がぴったりと合っている。

(淑乃は自分よりも、この男と一緒にいるほうが幸せなんじゃないか)

いや、そうじゃない――と頭に浮かんだ思いを否定する。

もう、見たくない。だが、どうしても視線を外すことができない。

淑乃が秋芳の肉棹を頬張っている姿をほぼ真横から見ることができる。

両膝をつき、後ろ手にくくられた姿勢で、いきりたちに唇をかぶせて勢い良くすべらせている。

華奢な上半身が振れて、乳房も揺れている。

真横から見る乳房は、直線的な上の斜面を下側のふくらみが持ちあげて、やや上方についた乳首がいやらしく尖って上を向いていた。

（淑乃……）

淑乃はいやいややっているのではない。竜一に強要されながら、自分の行為に陶酔している。

それが、わかる。

股間のものが力を漲らせて、ズボンを突きあげていることがどこか不思議だった。

こんなことはあってはならないことだ。

飛び込んでいってやめさせるべきだ。だけど、それができない。

秋芳が腰を引いて肉棹を口から抜き取った。

そして、淑乃はまるで飼い主の言いつけを待っている犬みたいに、秋芳を見て何かを待っている。

秋芳に何か言われて、淑乃はソファの座面に顔を乗せて、腰を後ろに突き出した。

せりだした尻を右に左に振って、男を誘うようなことをする。

恥ずかしくていたたまれない様子だ。だが、すごく色っぽくて、女の悦びのようなものが感じられる。

秋芳が猛りたつものを押しあてて、腰を入れた。

「うっ……！」

と、淑乃が低く呻いた。

秋芳が腰を躍らせながら、尻たぶを平手打ちした。

パチーンという乾いた音とともに、

「あうっ……！」

淑乃の悲鳴が、竜一にも聞こえた。

(ああ、淑乃……！)

どうしていいのかわからないまま、竜一は地団駄を踏む。

秋芳はつづけざまに平手打ちを浴びせると、尻の丸みを撫でまわす。

「あああ、ぁあああ……」

淑乃が陶酔した声をあげ、そして、持ちあげた尻をもどかしそうにくねらせるのが見えた。

秋芳が何か小声で訊ね、淑乃が「はい」と答える。

秋芳は後ろから挿入したまま、淑乃の髪から背中へと慈しむように撫でおろす。

それだけで、淑乃はビクッ、ビクッと身体を撥ねさせる。

秋芳の手が脇腹にまわり、薄い脇腹の皮膚を指を刷毛のようにつかって撫であげると、また淑乃は小刻みに震えた。

「感じるんだな？」

秋芳の声が耳に届く。

「はい……感じます」

淑乃が答えた。

「戻ってこい」

「……戻れない」

「なぜ？」

「竜一がいるから」

「……ここにいて、お前は幸せか？」

「……はい」

「ウソだ。お前は今、羽を休めているだけだ。そのうちに、ここが息苦しくなる。もっとひろい場所に羽ばたきたくなる」

「わたしは、広いところへ行こうとは思いません」

「そうか……狭いところでいいんだな」

「はい……」

「じゃあ、私の懐に飛び込んでこい」

「わたしはもうあの一座には戻れない」

「大丈夫。戻れる。宮司たちはもう丸め込んだ。妙子も麻輝子もお前が帰ってくるのを待っている。だから、私の懐に飛びこんできてほしい」

「わたしは、第三夫人ではいやです。わたしひとりを愛してほしい。竜一なら、わたしだけ愛してくれる」

「……お前だけを愛する」

「ウソだわ」

「ウソじゃない。妙子も麻輝子もわかってくれるはずだ。私を信じてくれ」

「……竜一を裏切れない。彼はわたしを救ってくれた。あなたはわたしを売った」

秋芳が押し黙った。

「ほら、何も言い返せない。帰って、もう」

「それはできない。お前を連れ戻すまでは」

秋芳が腰をつかみ寄せて、音が聞こえるほど激しく叩きつけた。

「ううっ……いや……」

淑乃が歯を食いしばった。

「お前は私から逃れられない。そうだろ？　そうだと言ってくれ」

後ろ手にくくられた腕をつかんで、秋芳は屹立を押し込みながら言う。

「わたしは逃げるの。あなたから。逃げるの……あうぅぅぅ」

「逃げられない」

「うっ……うっ……あっ、いや、いや、いや……あっ、あっ……ぁあぁぁぁぁぁぁぁぁぁぁ」

ダムが決壊したかのように、塞《せ》き止められていた快美感の嬌声が淑乃の喉を衝いてあふれでた。

「そうら、淑乃。お前の身体が私を欲している。身体は正直だ。お前が隠しているものをすべてさらけだしてくれる」

秋芳が兆《きざ》しを育てようと、激しく腰をつかった。

その抑制したストロークしか見ていない竜一には、初めて目にするものだった。

怖い顔で、秋芳が全身をぶつけるように打ち込んだ。

「あっ……あっ……くうぅぅぅ」

淑乃が湧きあがるものをこらえているのがわかる。

「淑乃、正直になれ。なってくれ」

「いやよ、いや……」

「そうら」

秋芳がいっそう力強く打ち込んだとき、

「あっ……あっ……いい。いいの……」

淑乃の喉元から、歓喜の声があふれでた。

秋芳はいったん結合を外して、淑乃を床に仰向けに寝かせた。

それから、蜜にまみれた屹立を正面から押し込んだ。

膝を開かせ、その足を左右の腕で外側から支えるようにしてひろげたまま、のしかかるようにして打ち込んでいく。

両足を伸ばして前屈みになった秋芳は、体重を一点に乗せて、大きく力強く腰を振りおろす。

「うっ……うっ……」

後ろ手にくくられた両手を背中と床に挟まれ、足を固定されて、淑乃が動かすことのできるのは首から上だけだった。

歯を食いしばっていた淑乃の気配が変わった。

ぐぐっと顎をせりあげ、

「あん、あんっ、あんっ……」

心底感じている声をスタッカートさせる。

(おおぅ、淑乃、淑乃!)

竜一はズボンのなかに右手を入れて、分身を握っていた。血管の浮かび出た肉の棹は、ドクッドクッと脈打ち、手のひらのなかで躍りあがっている。

「淑乃、戻ってこい。戻って……おおぅぅ」

秋芳の腰の動きが俄然速くなり、のけぞるようにして目を閉じている。

こんな秋芳を見たのは、これが初めてだった。

そして、淑乃も身動きできない身体を右に左によじり、顔を持ちあげ、胸をせりあげ、動かすことのできる箇所で最大限の悦びを現す。

「そうら、淑乃!」

「あぁあぁ、秋芳……」

秋芳の律動がいっそうピッチをあげて、

「あんっ、あんっ……イク……淑乃、イキます」

淑乃が苦しげに言った。

「戻ってこい。お前は私から離れられない」

秋芳が狂ったように打ち据えたとき、

「ぁあうぅぅぅ……イク……イク、イク、イッちゃう……秋芳、秋芳……」

「イケ。イクんだ」

「イク……やぁあああぁぁぁぁぁぁ、はう！」

淑乃が顎をこれ以上無理というところまでせりあげた。

秋芳は駄目押しとばかりに打ち込んで、そこで「うっ」と呻いて動きを止めた。

射精しているのだろう、腰が震えている。

まるで時間が止まっているようだった。

やがて、のけぞりかえっていた淑乃の身体が床に落ち、秋芳は慈しむように漆黒の髪を撫ではじめた。

3

あの後で、淑乃は一緒に行くことを拒み、秋芳はひとりで帰っていった。

それを見て、竜一は目撃したことを、淑乃に告げるのはやめた。言ってはいけない気がしたのだ。

だが、あれ以来、淑乃は変わった。

表面的にはこれまでどおりの生活を送っていたが、ふとした折りに、淑乃の表情に翳りが落ちた。そして、心からの笑みをこぼさなくなった。

やはり、秋芳のもとに帰りたがっているのだと感じた。

ちなみに、秋芳がこのアパートの場所を知ったのは、淑乃が妙子に洩らした言葉からだったらしい。つまり、淑乃は妙子や麻輝子と時々連絡を取り合っていたのだ。

そんなところでも、淑乃の心の底にある願望を推測せずにはいられなかった。

秋芳が訪れてから二週間後、その日は竜一の仕事が休みだった。朝、食事を摂り終えたときに、竜一はこう切り出した。

「淑乃、一座のもとに帰りたいだろう。今から送っていくよ。仕事休みだから」

「……どうしてそんなことを言うの？　わたしは帰りたくないわ。ずっと、竜ちゃんと一緒に暮らすつもり」

淑乃の言葉がうれしかった。だが、それに甘んじてはいけない。すでに、淑乃の心に自分はいないのだから。

「……だけど、俺はもう飽きたんだよ」

「飽きたって？」

「淑乃にだよ。お前に飽きたんだ。一緒にいても、胸がときめかないんだ」

竜一は断腸の思いで言う。

もちろん嘘だ。今も大好きだ。しかし、自分がこうでも言わないと、淑乃は一座のもとに、いや、秋芳のもとに帰れない。

淑乃は自分を救い出してくれた竜一に恩があって、それを裏切れないから。

「ウソよね。竜ちゃん、無理してる。わたしにはわかるもの」

「ウソじゃない！　いいから、支度しろよ。服とか、詰めろよ」

このままではごまかしきれなくなりそうで、竜一は席を立ち、淑乃のキャリーバッグを取り出してくる。

赤いバッグを見て、淑乃が抱きついてきた。

「いやよ。帰らない。たとえ、竜ちゃんがわたしを嫌いになっても、わたしはあなたとずっと一緒にいる」

「淑乃、お前は自分にウソついてるよ。お前は秋芳が好きだ。彼のもとに戻りたいと思っている」

「違うわ。バカなことを言わないで」

「……いずれにしろ、もう俺はお前にときめかない。だから……」

「ウソでしょ。ウソだって丸見えよ」

「……淑乃、頼むよ。最後くらい格好つけさせてくれ」

言うと、淑乃にも竜一の心がわかったのだろう、身体を離してじっと竜一を見た。

心のうちを完全に見透かされてしまいそうで、竜一は目を逸らして、淑乃を突き放した。

「早くしろよ」

「でも……」

「いいから」

強く言うと、淑乃は悲しそうに唇を噛みながら、支度をはじめた。

自分が言い出したこととはいえ、このままでは、淑乃と永遠の別れになる。

（ほんとうにいいのか？　ほんとうに）
いいんだ。このままいても、淑乃は幸せにはなれない。
支度を終えた淑乃が言った。
「送ってもらわなくていい」
「えっ、だけど……」
「そんなことされたら、つらくなる。別れられなくなる。だから、ここでいい」
淑乃が近づいてきた。
竜一の腰に手を添えて、顔を寄せてくる。
最後のキスだ。
竜一も唇を重ねた。ぷにぷにとした柔らかな唇だ。
舌を差し込むと、淑乃も舌をからめてくる。
だが、これ以上したら、別れられなくなってしまう。
顔を離すと、淑乃の身体が沈み込んだ。
エッと思う間にもズボンのベルトがゆるめられ、ブリーフとともに押しさげられる。
こんなときにと思うのだが、竜一の分身は恥ずかしいほどにいきりたっていた。
「竜ちゃん、心から感謝しています。これはわたしの気持ち。受け取ってね。そして、淑乃のことを時々は思い出して」

淑乃は両手で屹立を合掌するように持って、先端にちゅっ、ちゅっと愛情あふれるキスを浴びせてくる。

竜一は、この天使の唇をいつまでも忘れないだろう。

淑乃はいきりたちに唇をかぶせ、ゆったりと顔を振った。

敏感になった勃起の表面を、天使の唇がなめらかにすべっていく。その夢のような感触が全身へとひろがっていく。

「んっ、んっ、んっ……」

しなやかな指が根元を握ってしごいてくる。

そして、マシュマロみたいな唇が亀頭冠とそのくびれを情感たっぷりに擦ってくる。

「気持ちいいよ、淑乃」

「出してほしい。最後にわたしの口にちょうだい」

いったん吐き出して言って、淑乃はまた唇をかぶせてくる。

こうなったら、この感触をしっかりと刻みつけておこう、死ぬまで覚えておこう。

淑乃が咥えているところを見た。

さらさらのボブヘアが揺れて、かわいい唇が肉棹にまとわりついて形を変える。

きっとこの先、淑乃より魅力的な女と情を交わすことはまずないだろう。だから、しっかりと脳裏に刻みつけておかなくてはいけない。

「んっ、んっ、んっ……」

淑乃の顔振りが速くなり、ジーンとした痺れが甘い逼迫感に変わった。

「おおぅ、出る……淑乃、淑乃、淑乃！　おおぅぅ」

熱い溶岩流が切っ先から迸っていく爆発的な快感が押し寄せてきた。

そして、淑乃は吐き出されるものを最後まで搾り取るとでもいうように、ちゅーっと吸った。

射精の速度が何倍にも増した気がして、竜一は酔いしれる。

自分がどこか遠くに行ってしまうような快感が終わると、淑乃は頬張ったまま、こくっ、こくっと喉を鳴らす。

呑み終えても、離れるのがいや、とばかりに腰に両手をまわしてしがみついている。

この瞬間が永遠につづいてほしい――。

竜一はそう願いながら、柔らかな髪を撫でつづけていた。

（了）

※本書は二〇一三年二月に刊行された竹書房ラブロマン文庫『天狗のいけにえ』の新装版です。

＊本作品はフィクションです。作品内の人名、地名、団体名等は実在のものとは関係ありません。

長編小説

天《てん》狗《ぐ》のいけにえ <新装版>

霧《きり》原《はら》一《かず》輝《き》

2021年5月24日　初版第一刷発行

ブックデザイン……………………　橋元浩明（sowhat.Inc.）

発行人………………………………………後藤明信

発行所………………………………………株式会社竹書房

〒102-0075　東京都千代田区三番町８－１

三番町東急ビル６F

email：info@takeshobo.co.jp

http://www.takeshobo.co.jp

印刷・製本…………………………中央精版印刷株式会社

■定価はカバーに表示してあります。

■本書掲載の写真、イラスト、記事の無断転載を禁じます。

■落丁・乱丁があった場合は、furyo@takeshobo.co.jp までメールにてお問い合わせ下さい。

■本書は品質保持のため、予告なく変更や訂正を加える場合があります。